Pour l'amour d'un roi

J'AI LU

Barbara Cartland est une romancière anglaise dont la réputation n'est plus à faire.

Plus de trois cents romans variés et passionnants mêlent aventures et amour.

Les Éditions J'ai Lu *en ont déjà publié plus d'une centaine que vous retrouverez dans le catalogue gratuit disponible chez tous les libraires.*

Barbara Cartland

Pour l'amour d'un roi

traduit de l'anglais par Horace CASSIDY

Éditions J'ai lu

Ce roman a paru sous le titre original :

BRIDE TO THE KING

NOTE DE L'AUTEUR

Pendant la guerre de 1870, des négociations se poursuivirent en vue de l'unification de toute l'Allemagne, à l'exclusion de l'Autriche. Une conférence réunit à Munich les représentants de la Prusse, de la Bavière et du Wurtemberg pour mettre au point ce regroupement. Restait à trouver un nom pour le nouvel État et à accéder au désir de Bismarck qui souhaitait rétablir le titre d'empereur. En janvier 1871, au château de Versailles, Guillaume Ier fut proclamé empereur dans la Galerie des Glaces.

Le nouveau Reich se composait de quatre royaumes, de cinq grands-duchés, de treize duchés et principautés ainsi que de trois villes libres.

La consternation, puis la peur, saisirent bientôt le reste de l'Europe.

1875

1

– Zosina ! Tu m'entends ?

La jeune fille sursauta et leva les yeux de son livre.

– Tu me parles ? demanda-t-elle.

– Depuis un moment ! répliqua sa sœur Helsa.

– Je suis désolée. J'étais absorbée par ma lecture.

– Tu sais ce que dit Fräulein ? Tu lis trop et tu vas t'abîmer les yeux; tu finiras par devenir aveugle !

Zosina eut un rire mélodieux.

– C'est curieux, commença-t-elle. Fräulein est notre préceptrice et elle ne cesse de trouver des prétextes pour nous laisser dans l'ignorance.

– Je sais pourquoi, affirma leur sœur Théone occupée à reproduire à l'aquarelle des gravures de mode. C'est qu'au moindre signe de curiosité de notre part, Fräulein redoute de nous voir découvrir son manque de connaissances.

– Tu exagères, dit Zosina.

– En tout cas, s'écria Helsa, tu ferais mieux de descendre en vitesse, papa t'attend dans son bureau !

– Oh ! papa veut me voir ? Pourquoi ne me l'as-tu pas dit tout de suite ?

– Mais c'est ce que j'ai fait ! s'indigna Helsa. Margit vient juste de nous en avertir.

– J'ai dû oublier une de ses recommandations, soupira Zosina. Je me demande laquelle…

– Tu le sauras bien assez tôt, fit observer Théone. Dieu merci, ce n'est pas moi qu'il a envoyé chercher.

Zosina se leva et traversa la salle d'étude pour aller arranger ses cheveux devant la glace au-dessus de la cheminée. Ignorante de sa beauté, elle se regardait de ses grands yeux gris, tout remplis d'inquiétude. Quelle faute avait-elle pu commettre ? Avait-elle oublié quelque chose d'important ? Mais quoi ?… De toute façon, son père serait fâché, d'autant que depuis quelques jours, il souffrait d'une crise de goutte.

Zosina se dirigeait vers la porte quand Katalin, qui avait à peine douze ans et qui n'avait encore rien dit, s'exclama :

– Bonne chance, Zosina ! Si je pouvais aller avec toi…

– Papa serait encore plus furieux, assura Zosina en souriant gentiment.

Elle quitta la pièce et suivit d'un pas vif les interminables couloirs où il faisait si froid en hiver; elle atteignit enfin l'escalier d'honneur du palais.

L'archiduc Ferdinand de Lützelstein vivait sur un très grand pied, ce qui impressionnait les plus éminents de ses sujets et irritait presque tous les autres, c'est-à-dire tous ceux qui avaient conscience de payer ce luxe grandiose.

Il avait cependant habitué sa famille à vivre sans confort et loin des honneurs. Et ses enfants savaient pourquoi : elles avaient commis l'impardonnable erreur de naître filles et non garçons. Il était évident pour tout le monde que leur père supportait mal d'être sans héritier direct.

– Tu es sa préférée, affirmait souvent Katalin

à Zosina, car tu n'as été que sa première déception. Puis Helsa est arrivée, et Théone. Et quand je suis née, il me détestait déjà si fort que je suis étonnée de n'avoir pas été hachée menu et jetée aux quatre vents du haut des remparts !

Katalin était douée d'une imagination débordante et, peut-être à cause du peu d'affection que lui témoignaient son père et sa mère, elle inventait sans arrêt des histoires où elle était toujours éperdument amoureuse d'un des jeunes officiers du palais ou, mieux encore, d'un officier de la garde.

Zosina était, à plus d'un titre, très différente de ses sœurs qui acceptaient comme un caprice du destin les ennuis quotidiens et les mille privations que la vie leur imposait.

Théone avait un jour déclaré :

– Si j'avais le choix, je préférerais être la fille d'un garde forestier plutôt qu'une princesse à qui l'on interdit la vie brillante et exaltante qui d'habitude accompagne ce titre.

– Tu l'auras quand tu seras grande, avait répondu Zosina.

Théone s'était mise à rire.

– Tu sais bien que non ! Toi par exemple, tu as eu droit à ton premier bal, mais pour y danser avec les hommes les plus vieux et les plus ennuyeux du pays ! Et depuis, maman n'a pas pris la peine d'organiser pour toi la plus petite réception. Est-ce que ça te suffit d'être admise à t'asseoir au salon quand elle reçoit les épouses des membres du Conseil qui ne s'entretiennent que de leurs œuvres de charité ?

Zosina était forcée de reconnaître que ces réunions n'avaient rien de réjouissant. Conformément au protocole, sa mère commençait chaque fois ainsi :

– Le froid est plus vif depuis quelque temps.

– C'est vrai, Votre Altesse.

– Je fais souvent remarquer à l'archiduc qu'en cette période de l'année les vents peuvent être dangereux.

– Ils le peuvent, en effet, Votre Altesse.

– Comme nous serons soulagées quand le temps se réchauffera !

– C'est ce que nous espérons toutes, Votre Altesse.

Zosina n'écoutait pas mais créait pour elle seule un monde imaginaire où les adultes échangeaient des propos intelligents et brillants. Ou encore, elle trônait sur l'Olympe avec les dieux et les déesses de la Grèce antique, occupée à trouver une solution aux questions auxquelles, de tout temps, l'humanité a été confrontée.

L'archiduchesse aurait été fort surprise si elle avait entrevu l'étendue des connaissances de sa fille aînée touchant le comportement – le plus souvent très libre – des dieux grecs. Elle aurait été tout aussi étonnée d'apprendre que Zosina lisait avec avidité les auteurs français responsables des surprenantes déviations qui caractérisaient la littérature du Second Empire.

Zosina avait de la chance : la bibliothèque du palais fondée par son arrière-grand-père était considérée comme l'un des trésors du Lützelstein. Cela obligeait son père à l'enrichir et Dieu merci ! le Parlement votait chaque année les crédits nécessaires. On achetait donc de nouveaux livres et le bibliothécaire, qui se faisait vieux, se laissait toujours persuader par la princesse Zosina d'inscrire sur la liste des commandes ceux qu'elle avait envie de lire.

– Je ne suis pas certain que Son Altesse l'archiduchesse nous donnerait son approbation, s'inquiétait-il, lorsque Zosina obtenait les œuvres d'un auteur dont la réputation discutable était connue même au Lützelstein.

– Vous n'avez rien à craindre, *Mein Herr*,

affirmait-elle. Mère n'a jamais le temps de lire. Comment pourrait-elle critiquer quelque chose dont elle ignore l'existence ?

Et le vieux bibliothécaire ne résistait pas au sourire d'une jeune fille aussi ravissante.

Mais, pour l'instant, Zosina atteignait enfin le grand hall du palais et se dirigeait vers la porte du cabinet de travail de son père. Une vaste pièce imposante avec ses sombres boiseries, ses hautes fenêtres drapées de lourds rideaux de velours et son mobilier massif à l'ancienne mode.

Les quatre filles de l'archiduc détestaient ce bureau car c'était là que leur père les sermonnait et qu'elles attendaient avec appréhension l'instant où il entrerait dans une de ses violentes colères qui se terminaient généralement par ces mots :

– Hors de ma vue ! Disparaissez toutes les quatre ! Qu'ai-je fait au Bon Dieu pour qu'il m'inflige ces filles maussades et stupides ? Pourquoi ne m'a-t-il pas accordé le bonheur d'avoir un fils intelligent !

Pour elles, c'était le signal du départ. Elles quittaient cette pièce avec soulagement mais leur cœur continuait longtemps à battre la chamade et elles ne se sentaient rassurées et en sécurité qu'en retrouvant leur salle d'étude.

Qu'ai-je bien pu faire pour contrarier papa ? se demanda une dernière fois Zosina. Et relevant le menton, elle ouvrit la porte et entra.

Comme elle s'y attendait, son père était assis près de la cheminée, dans son fauteuil favori à haut dossier. En cette saison, on n'allumait pas de feu et l'âtre vide n'était pas rempli de fleurs comme dans les autres pièces, de sorte que la gueule béante et sombre de la cheminée ajoutait à l'impression de tristesse générale.

L'archiduc avait sa jambe malade étendue sur un petit tabouret placé devant lui. Zosina remarqua avec un léger pincement au cœur qu'il avait l'air plus sombre et sévère encore que d'ordinaire. Elle s'avança timidement vers lui. Ce ne fut pas sans surprise qu'elle le vit lever les yeux et lui sourire.

Dans sa jeunesse, l'archiduc avait été très séduisant et ses quatre filles étaient elles aussi très jolies.

Zosina et ses sœurs s'étaient depuis toujours construit une généalogie qui n'appartenait qu'à elles : elles avaient hérité la physionomie de leur arrière-grand-mère, une Grecque superbe, et ne tenaient de la mère de leur père, hongroise d'origine, qu'un vague air de famille.

– Asseyez-vous, Zosina, invita l'archiduc. J'ai à vous parler.

Elle s'installa docilement sur un canapé proche du fauteuil de son père et celui-ci se mit à la dévisager avec insistance. Trouvait-il à redire à sa robe ou à sa nouvelle coiffure ?

Se décidant enfin à parler, il annonça :

– J'ai une nouvelle à vous apprendre, Zosina. Une nouvelle qui vous étonnera peut-être, encore qu'à votre âge vous puissiez vous y attendre.

– De quoi s'agit-il, père ?

– Vous allez vous marier.

Elle craignit un moment d'avoir mal compris, mais l'archiduc poursuivait :

– Il m'est très agréable de constater que les négociations de notre ambassadeur, le comte Csaky, se soient révélées si fructueuses. Je le récompenserai comme il le mérite.

– Vou... voulez-vous dire, père, que... que c'est le comte qui... a arrangé ce mariage ?

– À mon instigation, bien sûr. Mais pour être tout à fait franc avec vous, je dois reconnaître que c'est le régent de Dorsie qui a suggéré le premier cette alliance.

Zosina le regardait, éberluée, quand il conclut d'un ton solennel :

– Ma chérie, vous allez épouser le roi Gyorgy !

Elle chercha un instant sa respiration avant de pouvoir articuler :

– Mais… mais… papa… je ne l'ai… jamais vu… et… pourquoi voudrait-il m'épouser ?

– Voici précisément ce que j'ai l'intention de vous expliquer. Je vous demande donc de m'écouter avec attention.

– C'est… c'est ce que je fais, père.

– Vous n'êtes pas sans savoir, commença l'archiduc, que je m'inquiète déjà depuis longtemps de la puissance croissante de l'empire allemand.

– Bien sûr, père, murmura Zosina.

Il n'en avait jamais discuté avec elle mais Zosina se rappelait parfaitement que, cinq ans auparavant, lorsque la guerre avait éclaté entre la France et la Prusse, il n'avait guère été question d'autre chose au palais car la politique du ministre-président de Prusse, Otto von Bismarck, semblait menacer l'indépendance du Lützelstein.

La Prusse était depuis longtemps préparée à cette guerre et Bismarck avait si astucieusement joué des circonstances que l'ennemi, la France, avait paru être l'agresseur. En juillet 1870, la France avait donc déclaré la guerre à la Prusse et à la Bavière, ainsi qu'aux petites principautés qui s'étaient rangées aux côtés de la Prusse. L'issue du conflit n'avait fait de doute pour personne et, en janvier de l'année suivante, après un terrible siège de cent trente et un jours, Paris affamé avait ouvert ses portes à l'ennemi.

Dans le Sud, les petits royaumes qui, comme le Lützelstein et la Dorsie, étaient restés à l'écart du conflit, avaient espéré que leur puissant voisin, la Bavière, les protégerait des ambitions de Bismarck. Mais le roi Louis II de Bavière, dont les réactions étaient imprévisibles, était tombé malade et il n'avait pas eu la force de résister aux pressions exercées sur lui par les représentants de la Prusse.

Tout cela traversa l'esprit de Zosina en un instant. Aussi ne s'étonna-t-elle pas d'entendre son père déclarer :

– En ce moment particulier de l'histoire, il est essentiel que le Lützelstein et la Dorsie puissent demeurer indépendants, de façon à participer au maintien de l'équilibre des forces en présence en Europe. Nous sommes pris entre une Autriche affaiblie d'un côté et une Bavière sans énergie de l'autre, d'autre part, l'Allemagne devient chaque jour plus puissante, prête à jeter sur nous le filet de plomb de son empire inflexible.

– Je comprends, père, murmura Zosina.

– Je ne vous demande pas de comprendre des problèmes de cet ordre ! jeta l'archiduc d'un ton irrité. Mais écoutez bien ce que je dis car vous devez savoir pourquoi une alliance étroite, scellée par un mariage entre le roi de Dorsie et l'une de mes filles, laisserait leurs coudées plus franches aux politiciens de nos deux pays.

Zosina eut à nouveau envie de dire qu'elle comprenait mais jugea plus prudent de hocher la tête en silence.

– Eh bien, dites quelque chose ! lui lança son père au bout d'un moment. Saisissez-vous ce que j'essaie de vous expliquer ? Ah ! Dieu du Ciel ! Si j'avais un fils, il comprendrait tout de suite notre position !

– Je conçois la raison de ce mariage, père, répliqua-t-elle, mais j'aimerais savoir si le roi désire vraiment m'épouser.

– S'il le désire ? tonna l'archiduc. C'est un homme et c'est aussi un monarque. Il sait parfaitement ce qu'il fait !

– J'aurais pensé, père, que le roi et moi aurions dû nous rencontrer avant que tout soit décidé, risqua Zosina de sa douce voix.

– Vous rencontrer ? Bien sûr que vous vous rencontrerez ! coupa l'archiduc. J'allais vous en parler. Si vous cessiez de m'interrompre, Zosina, je pourrais en venir au fait !

– Je suis désolée, papa.

– Tout a été arrangé pour que votre mariage puisse être célébré au plus tôt. Ainsi l'Allemagne comprendra que nous ne laisserons personne s'immiscer dans nos affaires. Comme nous devons faire les choses dans les règles, j'ai pris des dispositions pour que la Reine mère se rende en visite officielle en Dorsie. Vous l'accompagnerez.

Le visage de Zosina s'éclaira.

– Oh ! papa ! Je vais aller en Dorsie avec grand-maman ? Quel bonheur !

– Je ne peux m'y rendre en personne. Vous le voyez, mon pied m'interdit même d'y songer.

– Est-ce très douloureux, papa ?

L'archiduc réprima un juron et répondit avec brusquerie :

– Je n'ai aucune envie d'en parler. Je vous disais donc que vous alliez accompagner votre grand-mère à l'occasion d'un voyage officiel au terme duquel vos fiançailles seront publiquement annoncées.

– Et si le roi montre de l'aversion pour moi, insista-t-elle, ou bien si je ne l'aime pas ? Nous faudra-t-il quand même nous marier ?

Son père lui jeta un regard furieux.

– Je n'ai jamais entendu une question plus stupide ! Quelle importance que vous vous plaisiez ou non ? N'avez-vous donc rien compris ? Je viens de vous expliquer qu'il s'agit d'une affaire politique !

– J'ai compris, papa. Mais c'est tout de même moi qui devrai épouser le roi de Dorsie.

– Seigneur ! J'ai quatre filles dont il me faudra me débarrasser d'une façon ou d'une autre ! Vous n'imaginez pas que je vais trouver un roi pour chacune d'entre vous !

Zosina prit une profonde inspiration.

– Je suppose que vous refuseriez d'envisager que Helsa parte à ma place ? Elle est très impatiente de se marier alors que moi, je serais heureuse de rester ici avec maman et avec vous.

– Comment osez-vous discuter ma décision ? lança-t-il avec colère. Auriez-vous l'audace de songer que vous pourriez ne pas obéir ? Vous devriez remercier Dieu à genoux d'avoir un père qui vous estime au point de vous faire reine ! Vous ferez votre devoir, Zosina. C'est tout.

– Oui, papa, mais...

– Je ne veux plus rien entendre ! hurla l'archiduc. Aurais-je nourri une vipère dans mon sein ? Non contente de vous montrer ingrate, vous vous comportez comme si vous étiez faible d'esprit !

Il s'étouffa presque de rage en prononçant ces derniers mots. Puis il reprit :

– Il n'y a pas une seule jeune fille dans tout le duché qui ne serait folle de joie ! Et voilà que vous vous plaignez ! Dieu tout-puissant ! Mais qui donc croyez-vous qui viendra vous demander en mariage ?... L'archange Gabriel ?

L'archiduc était hors de lui et Zosina, sachant que rien de ce qu'elle pourrait dire ne saurait apaiser la tempête, se leva.

– Je regrette... murmura-t-elle, et je vous remercie d'avoir pensé à moi.

Elle fit la révérence et se retira tandis qu'il hurlait encore :

– Ingrate et faible d'esprit par-dessus le marché ! Pourquoi suis-je affligé de pareils rejetons ?

Zosina referma la porte derrière elle.

J'aurais dû me taire, se reprocha-t-elle. Son père l'avait prise au dépourvu mais elle n'aurait pas dû protester. Cela l'agaçait toujours. Ce qui le contrarie surtout, songea-t-elle, c'est de ne pouvoir entreprendre lui-même cette visite officielle... Mais ce sera bien plus amusant d'y aller avec grand-maman.

La Reine mère, la reine Szofia, avait su gagner l'amour et l'admiration de ses quatre petites-filles. Son charme typiquement hongrois avait fasciné la majorité de ses sujets sous son propre règne au Lützelstein, à part quelques courtisans qui la jugeaient trop frivole, trop libre et trop naturelle. Même à présent, alors qu'elle avait largement dépassé la soixantaine, elle semblait encore beaucoup s'amuser et la vie que l'on menait dans le petit château où elle s'était retirée, à quelques kilomètres de la capitale, passait pour être très gaie aux yeux de Zosina.

Elle atteignit le hall et allait reprendre l'escalier d'honneur quand le comte Csaky, ambassadeur du Lützelstein en Dorsie, surgit de l'ombre. Aujourd'hui assez âgé, Zosina le connaissait depuis sa plus tendre enfance. Comprenant qu'il désirait lui parler, elle se dirigea vers lui.

– Quel plaisir de vous voir, Excellence ! s'exclama-t-elle. J'ignorais que vous étiez de retour ?

– Je ne suis rentré que depuis deux jours, Votre Altesse, répondit-il en s'inclinant. Je suppose que Son Altesse l'archiduc vous a mise au courant des nouvelles ?

– Nous en parlions à l'instant.

– Dans ce cas, dit-il en souriant, j'ai quelque chose à vous montrer.

Elle le suivit dans l'une des antichambres où, d'habitude, les personnalités attendaient d'être reçues par son père.

Le comte se dirigea vers une table sur laquelle était posée la valise diplomatique. Il l'ouvrit et en sortit un petit écrin de cuir qu'il lui tendit. Elle sut tout de suite ce qu'il contenait : un portrait du roi de Dorsie.

C'était un homme séduisant aux yeux aussi noirs que ses cheveux. Il portait une tunique blanche couverte de décorations et avait grande allure.

– J'ai pensé que vous aimeriez voir cette miniature, murmura l'ambassadeur.

– C'est très aimable à Votre Excellence, répondit Zosina. À vrai dire, je croyais le roi trop jeune pour convoler...

– Sa Majesté atteindra sa majorité dans un mois, répliqua le comte. Le roi pourra alors régner sans le régent, et le Premier ministre aussi bien que le conseil privé considèrent qu'il est important qu'au moment où son oncle se retirera il ait une femme à ses côtés.

– Y a-t-il longtemps que son oncle est régent ?

– Huit ans. Le roi n'avait que douze ans à la mort de son père. Son oncle fut désigné comme régent et il faut reconnaître qu'au nom de son neveu il a fort bien gouverné. Grâce à lui, la Dorsie est prospère. Votre Altesse va vivre dans l'un des plus beaux lieux de la terre.

Il y avait une telle chaleur dans la voix de l'ambassadeur que Zosina le regarda avec étonnement.

– Ma mère était originaire de Dorsie, Votre Altesse, s'empressa d'ajouter le comte, et c'est l'une des raisons pour lesquelles j'ai été si heureux d'y être envoyé comme ambassadeur.

Zosina baissa les yeux sur la miniature et avoua :

– J'ai demandé à mon père si le roi souhaitait m'épouser mais je n'ai réussi qu'à le mettre en colère. J'aimerais vous poser la même question...

Tout en parlant, elle avait relevé les yeux sur le comte qui songea que tout homme serait impatient d'épouser une jeune femme aussi séduisante. Il avait toujours considéré Zosina comme un être exceptionnel et il ne doutait pas un instant que son intelligence, sa beauté et son charme enchanteraient le pays sur lequel elle serait appelée à régner – et l'homme qu'elle épouserait.

– Pensant que le roi aimerait voir votre portrait, dit-il, j'avais emporté en Dorsie une miniature vous représentant.

– Et qu'a dit Sa Majesté ? s'enquit-elle à voix basse.

– J'ignore la réaction de Sa Majesté, répondit l'ambassadeur, pour la simple raison que c'est avec le régent que j'ai négocié votre union. Je lui ai remis la miniature en main propre, de façon à être sûr que Sa Majesté la verrait.

Zosina ne put s'empêcher de se sentir désappointée.

– Je suis convaincu que vous comprenez combien cette union est importante pour le Lützelstein et la Dorsie, reprit le comte avec tact, mais je conçois qu'il vous semble difficile d'envisager d'épouser quelqu'un que vous n'avez jamais vu.

– J'accepte les obligations inhérentes à ma position, assura Zosina, mais...

Elle s'interrompit. À quoi bon expliquer qu'elle ne voulait pas être un simple pion politique ? Pourquoi avouer qu'elle espérait représenter bien davantage pour l'homme qu'elle épouserait ?

– Parlez-moi du roi, demanda-t-elle soudain.

– Comme vous pouvez le constater, il est très séduisant, répondit-il, et Zosina eut l'impression qu'il pesait ses mots. Il est jeune et il profite de la vie... pleinement.

– Qu'entendez-vous par là ?

Il hésita un instant et déclara :

– Tous les jeunes gens trouvent la vie plus excitante dès qu'ils sont débarrassés de leurs précepteurs et de leurs études. Le roi ne fait pas exception à la règle. Mais je pense, Votre Altesse, qu'il est préférable que vous jugiez par vous-même. Je ne voudrais pas vous voir partir pour la Dorsie prévenue contre lui.

Essayait-il de se tirer d'un mauvais pas ? Pourquoi n'était-il pas plus clair ? Zosina ne savait que penser et, perspicace, elle se dit : Il désire me voir aimer le roi et redoute de parler dans un sens ou... dans l'autre.

À nouveau, elle contempla la miniature : le roi était très beau, sans aucun doute.

– Il est très jeune, murmura-t-elle.

– Il a deux ans de plus que Votre Altesse, précisa l'ambassadeur, et je me suis laissé dire par ceux qui le connaissent qu'il fait preuve, sur bien des points, de maturité. Ce qui n'a rien d'étonnant si l'on considère qu'il est roi depuis tant d'années.

– Mais c'est le régent qui assure les affaires ?

– Non, pas tout. Le prince Sandor a toujours veillé à ce que le roi remplisse nombre d'obligations officielles qu'il aurait pu éviter.

– Que pense Sa Majesté de voir le régent gouverner le pays ? s'enquit Zosina.

– Voilà une question à laquelle il m'est impossible de répondre, Votre Altesse. Connaissant le prince Sandor, il m'est difficile d'imaginer que quelqu'un puisse prendre ombrage de son autorité mais, avec les jeunes gens... sait-on jamais ? Toutefois, je crois que Sa Majesté, lorsqu'elle atteindra sa majorité, sera très heureuse d'échapper à toutes les restrictions, hormis celles imposées par le Parlement.

– Il se peut également qu'il craigne qu'une femme n'entrave sa liberté...

Un sourire détendit les traits du comte.

– Je doute qu'un homme pense une telle chose en vous voyant.

Zosina posa la miniature sur la table.

– Je remercie infiniment Votre Excellence pour sa grande gentillesse, déclara-t-elle. Nous accompagnerez-vous en Dorsie, la Reine mère et moi ?

Il y avait une nuance d'inquiétude dans sa voix et dans son regard et l'ambassadeur comprit qu'elle considérerait sa présence comme un réconfort.

– Je serai aux côtés de Votre Altesse, assura-t-il.

– Merci, fit simplement Zosina.

Elle tendit la main puis, sans ajouter un mot, sortit de l'antichambre, traversa le hall de marbre et gravit dignement les marches de l'escalier d'honneur. À mi-hauteur, elle hâta le pas, longea les couloirs en courant et arriva enfin à la salle d'étude.

Comme ses sœurs se précipitaient vers elle avec anxiété, elle les regarda un instant sans mot dire, le souffle court et le cœur battant.

– Que s'est-il passé ? demanda Helsa avec impatience.

– Papa a-t-il été très désagréable ? renchérit Théone.

Katalin se leva d'un bond et mit ses bras autour de la taille de Zosina.

– Tu as l'air contrariée, dit-elle avec tendresse. Ma chérie, nous t'aimons tant ! Raconte-nous vite et nous ferons tout pour que tu retrouves ta gaieté...

Zosina passa un bras autour des épaules de Katalin.

– Tout... tout va bien, assura-t-elle d'une voix qui tremblait un peu, mais j'ai... eu un choc.

– Un choc ? s'exclama Helsa. Que se passe-t-il ?

– Je... je ne sais pas comment vous l'apprendre.

– Il faut nous le dire, insista Katalin. Tu sais bien que nous partageons toujours tout, même les choses désagréables.

– Je doute de pouvoir... partager celle-ci.

– Pourquoi ?

– Parce que… je vais me marier !

– Te marier ?

Après un bref silence, elles s'écrièrent à l'unisson :

– Ce n'est pas vrai !

– C'est pourtant bien ce que papa m'a dit !

– Qui dois-tu épouser ? s'enquit Théone.

– Le roi de Dorsie.

Pendant un moment, un silence stupéfait régna dans la pièce, puis Katalin se mit à hurler :

– Tu vas devenir reine ! Oh ! Zosina ! C'est merveilleux ! Nous allons toutes aller habiter avec toi !

– Reine ! Mon Dieu ! Quelle chance tu as ! s'exclama Helsa.

Zosina s'assit près de la fenêtre sur le divan où elle était installée avant de descendre.

– J'ai du mal à le croire, avoua-t-elle d'une petite voix, mais, puisque papa me l'a dit… Tout de même, c'est étrange et inquiétant d'épouser un homme que l'on n'a jamais vu et au sujet duquel on ne sait rien…

– Je sais un tas de choses sur lui ! affirma Théone. J'ai entendu la dame d'honneur de maman parler de lui avec la comtesse Csaky, un jour où elles avaient oublié que j'étais là.

– Qu'ont-elles dit ? Répète-nous ce qu'elles ont dit ! supplia Helsa.

– La comtesse a dit que le roi était très dissipé et qu'il passait son temps à s'attirer les pires ennuis.

Elle éclata de rire et ajouta :

– Je pense que l'archiduc notre père a plus de chance qu'il ne croit de ne pas avoir un fils de ce genre !

– Comment la comtesse était-elle informée de cela ?… commença Helsa. Oh, bien sûr… en tant qu'épouse de notre ambassadeur en Dorsie…

– Je l'ai rencontré, déclara Zosina. Il m'a montré une miniature représentant le roi.

– Comment est-il ? Dis-nous ? s'écrièrent ses sœurs.

– Il est très séduisant et il a l'air plutôt sérieux.

– On ne peut pas se rendre compte de ces choses-là sur un portrait, déclara Théone.

– S'il est vrai qu'il est dissipé, réfléchit tout haut Zosina, cela explique sans doute qu'on préférerait le voir marié... On craint peut-être qu'il ne cause un scandale... ou quelque chose de ce genre ?

Elle cherchait à comprendre et Katalin, qui l'avait suivie jusqu'au divan, s'installa à côté d'elle :

– S'il est tel qu'on nous le décrit, tu auras une bonne influence sur lui. Je crois que c'est pour cette raison qu'on souhaite que tu l'épouses.

– Une... une bonne influence ? bredouilla Zosina.

– Oui ! C'est évident ! Dans tous les contes, le héros est un débauché, il fait toutes sortes de choses que les honnêtes gens désapprouvent. Alors, la belle et bonne héroïne apparaît et il rentre dans le droit chemin.

Helsa et Théone éclatèrent de rire.

– Katalin ! Qu'est-ce que c'est que ces sornettes !

– Ce ne sont pas des sornettes ! C'est la vérité ! protesta la petite fille. N'oubliez pas ce que je vous dis, vous verrez... Zosina saura faire prendre de meilleures habitudes à ce jeune homme, elle le transformera en un bon roi puis elle sera considérée comme une sainte; il y aura sa statue dans toutes les églises de Dorsie !

Toutes éclatèrent de rire; Zosina se contenta de sourire.

– C'est un beau conte de fées, dit-elle. Mais j'ai peur d'aller en Dorsie.

– Tu ne dois pas avoir peur ! s'exclama Katalin. Là-bas, tu vas t'amuser ! Je me suis souvent demandé ce que faisaient les hommes comme le roi… Existe-t-il un mot pour désigner les femmes qui mènent ce genre de vie ?

– Non, s'empressa d'affirmer Helsa, catégorique. D'ailleurs, un homme peut être un débauché mais pas une femme. Si elle l'était, ne serait-ce qu'un peu, personne ne lui adresserait plus jamais la parole !

– Oui, tu as raison, approuva Katalin. Et elle serait rejetée dans les ténèbres de l'enfer, là où sont les pleurs et les grincements de dents, ou bien les chiens la dévoreraient, comme c'est arrivé à Jézabel.

Cette fois, même Zosina rit de bon cœur.

– Dans ce cas, je crois que je vais opter pour la canonisation, déclara-t-elle. Pourtant je préférerais rester ici avec vous. J'ai suggéré à papa que le roi pourrait peut-être épouser Helsa…

Sa sœur poussa un petit cri.

– Je l'épouserais avec joie, moi ! Pour l'amour du Ciel, Zosina, cesse de prétendre que tu n'es pas aux anges à l'idée de devenir reine ! Et si, après cela, je dois me contenter d'un petit noblaillon, j'en mourrai de jalousie ! Quand je pense que nous sommes toujours assises dans cette salle d'étude, sans jamais sortir, sans jamais voir un homme, sinon ces vieux courtisans pompeux qui viennent rendre visite à papa, et soudain, coup de théâtre ! Zosina va être couronnée reine de Dorsie ! C'est extraordinaire !

– Papa m'a traitée d'ingrate, avoua Zosina, et il a peut-être raison. Mais… j'aurais tant voulu tomber amoureuse…

Un ange passa.

– C'est ce que nous voudrions toutes, dit enfin Théone, mais il n'y a guère de chances pour que cela nous arrive, n'est-ce pas ?

– Fort peu en effet, approuva Helsa. C'est le prix à payer quand on naît princesse. Il faut, sans discuter, épouser celui qu'on a choisi pour vous.

– Est-ce pour cela que papa est si désagréable ? demanda Katalin. Peut-être ne voulait-il pas épouser maman et l'a-t-il toujours trouvée assommante ?

– Katalin ! Comment peux-tu dire de pareilles horreurs ? reprocha Helsa.

– Tu sais que papa était très séduisant, insista Katalin. Je suis certaine qu'il aurait pu épouser n'importe qui... la reine Victoria en personne s'il avait voulu !

– Il aurait été trop jeune pour elle, rétorqua Helsa, toujours pratique.

– Peut-être était-il tombé amoureux ? rêva Katalin. Peut-être aimait-il une ravissante jeune fille qui n'était pas de sang royal ? Ses ennuyeux vieux conseillers l'auront contraint à épouser maman...

– Je vous en prie, il ne faut pas parler ainsi, implora Zosina. Cela ne me simplifie pas les choses.

– Je ne pense qu'à moi et ce n'est pas gentil, s'excusa Katalin. Mais nous comprenons ce que tu ressens, tu sais.

– Oui, bien sûr... assurèrent Helsa et Théone.

– Tu as eu un choc, mais ton fiancé est jeune et beau, enchaîna Théone. Et s'il est d'un caractère difficile, n'oublie pas qu'il aurait pu être vieux et affreux.

Zosina soupira et se retourna vers la fenêtre. Théone avait raison : la situation aurait pu être pire. Néanmoins, elle avait toujours rêvé qu'un jour elle tomberait amoureuse et que ce serait merveilleux... Et tous les livres qu'elle avait lus n'avaient fait que lui confirmer l'importance de l'amour.

Elle avait d'abord découvert l'amour tel que le voyaient les Grecs de l'Antiquité : il imprégnait toute leur philosophie, leur mode de vie même et était à leurs yeux le sentiment le plus important, pour les dieux comme pour les hommes. C'était l'amour, songeait Zosina, qui motivait les exploits, provoquait les guerres et inspirait les chefs-d'œuvre...

Elle comprenait à présent pourquoi elle avait fait de si grands efforts pour améliorer son caractère et sa personnalité, pour cultiver son esprit et acquérir toujours plus de connaissances. Si elle avait toujours cherché à se surpasser, c'était afin d'être unique pour celui qui l'aimerait. Lorsqu'elle y pensait aujourd'hui, cela paraissait presque une ambition absurde. Car malgré la vie calme qu'elle avait menée avec ses sœurs, elles étaient toutes les quatre de sang royal et leur avenir serait tout différent de celui des jeunes filles de leur âge.

Bien sûr, Zosina avait déjà envisagé que l'on pût arranger son mariage, mais elle n'avait jamais pensé que ce serait avec un homme inconnu d'elle.

Le vrai problème était qu'au fond de son cœur elle était révoltée de se voir contrainte à une situation où elle ne pouvait qu'accepter l'inévitable.

Si la vie devient trop épouvantable ou trop effrayante, se dit-elle, il me restera toujours la possibilité de mourir.

Mais elle chassa aussitôt cette pensée.

Elle voulait vivre, vivre pleinement sa vie, découvrir le monde et, par-dessus tout, trouver l'amour.

2

La capitale du Lützelstein n'était pas très éloignée de celle de la Dorsie mais les deux pays étaient séparés par une chaîne montagneuse que le train mettait longtemps à franchir. Zosina buvait le paysage des yeux, heureuse de ce voyage qui avait exigé d'interminables préparatifs.

On lui avait commandé une quantité de toilettes nouvelles qui constituaient son trousseau, et cela lui avait gâché son plaisir. Néanmoins, l'enthousiasme de ses sœurs devant les robes, les chapeaux, les ombrelles et les gants, sans parler de la lingerie la plus raffinée, l'avait entraînée malgré elle dans un tourbillon.

Tout devait être prêt très vite et Zosina s'était bientôt lassée des perpétuels essayages. Par bonheur, Helsa, malgré ses quinze mois de moins, était de la même taille qu'elle et avait pu la remplacer. La cadette ne pouvait s'empêcher de manifester sa jalousie si bien que Zosina avait fini par s'excuser humblement d'être la future mariée…

– Ce n'est pas juste ! L'aînée a droit à tout ! avait commencé Helsa lors d'une scène caractéristique. Papa t'aime plus que nous ! La preuve ? C'est que tu te maries la première ! Et avec un roi !

Théone était intervenue à son tour :

– C'est la vérité et tu pourrais ajouter que Zosina est de loin la plus jolie de nous quatre.

– Si vous saviez comme j'aimerais que tout cela ne m'arrive pas à moi... avait dit Zosina.

– Tout le problème vient de ce que tu épouses un Européen, avait conclu Katalin. Si papa avait eu le goût de choisir un musulman, un Arabe ou un Égyptien, par exemple, il aurait pu nous marier toutes les quatre en même temps !

Cette conclusion avait déclenché un fou rire général et brisé la tension. Zosina avait à nouveau tenté d'oublier ses appréhensions pour ne s'occuper que de ses nouvelles toilettes. La satisfaction de ses parents lui était aussi d'un grand réconfort. L'archiduchesse se montrait tellement plus aimable qu'à l'ordinaire que Théone s'était mise à rêver :

– Si maman était toujours dans d'aussi bonnes dispositions, nous pourrions lui suggérer d'organiser de temps en temps un bal en notre honneur, ou même de nous laisser inviter quelques amis pour le thé...

– Elle n'acceptera jamais ! avait répliqué Helsa. Si tout va bien en ce moment, c'est parce que Zosina va devenir reine.

Mais Zosina restait perplexe. Sa mère n'avait pas fait preuve de la moindre ambition pour ses filles. La vraie raison de sa bonne humeur devait être ailleurs. Était-ce parce qu'après ce mariage on compterait une femme de moins au palais ?

Les enfants ne réalisent pas très tôt que leurs parents sont des êtres humains qui ont eux aussi leurs problèmes. Ce n'était qu'au cours de cette dernière année que Zosina avait commencé à considérer sa mère non plus comme un personnage autoritaire et dépourvu d'humanité, mais comme une femme en proie à des réactions et à des sentiments de femme. Et, avec une perspicacité neuve, elle s'était aperçue de l'amour possessif et jaloux que sa mère portait à son père.

Quant à ce dernier – dans la mesure où Zosina pouvait en juger – , il se montrait toujours d'une extrême courtoisie envers son épouse en public et, en privé, il lui demandait son avis sur tout sans manifester à son égard aucun sentiment particulier. Tout à coup, Zosina considéra l'union de ses parents comme l'exemple type d'un mariage arrangé réussi. Du moins aux yeux du monde car elle avait compris, à la façon dont sa mère regardait son père, que sous un masque glacial se cachait une femme frustrée et malheureuse.

Zosina se souvenait des réceptions officielles qu'on leur avait permis d'observer depuis le balcon de la salle du trône ou la galerie de la salle de bal. Elle revoyait son père lorsqu'il en avait terminé avec ses devoirs officiels : il choisissait pour danser ou converser les femmes les plus séduisantes. Elle avait alors pensé qu'il avait raison de préférer valser avec une dame aux yeux étincelants comme les diamants qui parsemaient sa chevelure et dont il pouvait entourer la taille de guêpe presque d'une seule main. Mais aujourd'hui, la jeune fille se demandait si ce n'était pas pour empêcher son mari de convoiter d'autres femmes que sa mère autorisait si peu de réceptions au palais.

Zosina comprenait qu'il devait être très pénible pour son père de ne plus pouvoir monter à cheval chaque matin, avec un valet d'écurie pour seule compagnie, comme il le faisait avant que la goutte ne le rendît presque invalide. De plus, elle avait la certitude qu'il lui était interdit de recevoir ses amis sans tenir compte du rigide protocole imposé par le palais.

Trop souvent occupée de sa personne ou hantée par ses lectures, Zosina se rappelait mal les insinuations entendues ici et là, au sujet de son père, et qui prouvaient que celui-ci avait des sujets d'intérêt qu'il ne pouvait faire partager à sa famille.

Pauvre maman ! avait-elle songé. Comme il a dû être difficile pour elle de cacher sa jalousie ! Si toutefois c'est bien ce qui la ronge. Et elle avait pensé qu'elle-même pourrait fort bien, un jour, se trouver dans une situation identique.

C'était réconfortant d'entendre Katalin affirmer qu'elle aurait une bonne influence sur le roi et qu'elle lui ferait prendre de meilleures habitudes – s'il était vraiment un débauché. Mais à supposer qu'elle échoue ? Passerait-elle sa vie à aimer un homme qui la trouverait assommante et ne rêverait que de se trouver en compagnie d'autres femmes ?

Quand il lui venait de pareilles pensées, la nuit, dans l'obscurité de sa chambre, elle se laissait gagner par l'angoisse et souhaitait, avec une ferveur pathétique, ne pas avoir à partir pour la Dorsie, ne pas être obligée d'épouser le roi Gyorgy ni aucun autre inconnu.

C'est injuste, se répétait-elle, de se voir imposer un mari pour la seule raison que l'Allemagne cherche à absorber nos deux pays dans son empire !

Elle comprenait néanmoins avec quelle énergie désespérée le Lützelstein et la Dorsie cherchaient à préserver leur indépendance. La puissance de l'armée prussienne et le comportement des Allemands lors de la conquête de la France avaient changé les Lützelstaniens en ardents patriotes, conscients des dangers d'une invasion germanique. Zosina n'avait pas oublié l'inquiétude des siens lorsque, cinq ans auparavant, Louis II de Bavière avait accepté, sur l'invitation de la Prusse, de se joindre à la Confédération germanique. Bismarck avait offert à la Bavière un semblant d'indépendance : le pays avait conservé son propre réseau de chemin de fer et ses services postaux, ses relations diplomatiques avec les pays étrangers et une certaine autonomie dans les domaines militaire, juridique et financier. Quand on avait laissé entendre qu'un monarque prussien et un souverain bavarois pourraient régner – soit conjointement, soit en alternance – sur la Confédération, les Lützelstaniens avaient repris espoir... Jusqu'à l'incroyable nouvelle qui avait fait l'effet d'une bombe.Un Prussien risquait de devenir empereur d'une Allemagne unifiée !

Quand les représentants de la Prusse s'étaient présentés, le roi Louis II était cloué au lit par une terrible rage de dents. On avait cependant réussi à le persuader de rédiger cette lettre capitale, adressée à son oncle, le roi Guillaume de Prusse, par laquelle il l'encourageait à s'arroger le titre d'empereur.

Cette terrible nouvelle avait déchaîné une véritable tempête au Lützelstein et, songeait maintenant Zosina, le tollé avait dû être aussi général en Dorsie. Elle se rappelait que son père n'avait pas décoléré pendant trois semaines, tandis que ses conseillers s'agitaient, tous très soucieux.

Voilà l'événement qui avait décidé du rapprochement entre le Lützelstein et la Dorsie – c'est-à-dire de son mariage avec le roi.

Avait-on attendu que les futurs époux soient en âge d'être manœuvrés au mieux pour une heureuse conclusion du plan d'alliance ? C'était très possible et, dans ce cas, si peu romantique et si proche du plus froid calcul politique qu'elle se disait avec cynisme : On peut bien m'offrir toutes les plus jolies robes de la terre, je ne serai jamais qu'une reine d'opérette manipulée par le vrai pouvoir...

Et elle avait beau se dire que le roi pensait sans doute de même, cela ne lui apportait aucune consolation.

Je vois la scène d'ici, se répétait-elle. Nous serons tous deux assis sur des trônes d'or, une couronne sur la tête, pendant que mon père avec ses conseillers et le régent avec les siens remonteront le mécanisme qui nous fera tourner, tourner, tourner sur un air de clochettes, comme des automates sans volonté ni capacité de mouvement propres... Mieux vaudrait pour moi être une oie. Je ne m'intéresserais pas à la politique et je me contenterais de faire ce qu'on me dit sans chercher midi à quatorze heures.

Elle se rappelait cette gouvernante qui lui avait avoué :

– Je n'arrive pas à comprendre, princesse Zosina, pourquoi vous posez toujours tant de questions !

– Par désir d'apprendre, Fräulein.

– Alors, tenez-vous-en à des sujets utiles pour une femme.

– Et quels sont-ils ?

– Tout ce qui est beau et charmant : les fleurs, la peinture, la musique et, bien sûr, les hommes, avait conclu la préceptrice avec un petit sourire gêné.

Zosina n'avait pas été étonnée quand, peu de temps après, cette gouvernante, au demeurant fort séduisante, avait été surprise par l'archiduchesse en train de flirter avec un officier de la garde. Elle avait été renvoyée et après elle, on n'avait engagé que des gouvernantes laides et âgées. D'ailleurs, non seulement les gouvernantes étaient laides, mais aussi les dames d'honneur de sa mère et toutes les autres femmes qui avaient une charge au palais.

Ce qui soulevait une question qu'elle s'était déjà posée : était-ce voulu par sa mère, jalouse de l'intérêt de l'archiduc pour le beau sexe ?

Maman ne peut tout de même pas être jalouse de moi ? se demandait-elle avec une anxiété d'autant plus forte qu'elle sentait que la jalousie de l'archiduchesse était sans bornes. Ainsi, elle était descendue un jour voir son père dans son cabinet de travail pour lui montrer une des robes de son trousseau, et il l'avait examinée de la tête aux pieds avant de déclarer d'un air approbateur :

– Eh bien, le sort m'a infligé quatre filles mais je dois reconnaître qu'elles sont ravissantes.

Zosina lui avait souri.

– Je vous remercie, père. Je suis ravie de vous plaire.

– Vous plairez à la Dorsie, avait répliqué l'archiduc. Vous êtes belle comme une déesse, ma fille.

À ce moment-là, l'archiduchesse avait fait irruption dans le bureau et quand Zosina, toute joyeuse, s'était tournée vers elle, l'expression du visage de sa mère l'avait pétrifiée.

– Cela suffit, Zosina, avait lancé l'archiduchesse d'un ton acerbe. Inutile de fatiguer votre père et rappelez-vous que la beauté n'est pas tout. C'est votre caractère qui aura de l'importance dans votre future position.

À ces mots, Zosina avait compris qu'en ce qui concernait le « caractère » sa mère la jugeait comme une parfaite gourde.

C'était à cet instant qu'elle avait pressenti ce qui clochait entre ses parents et qu'elle avait compris pourquoi ses propres relations avec sa mère étaient si dures.

Par ailleurs, quand elle n'était pas occupée à choisir, à donner des ordres pour faire retoucher des vêtements ou à les essayer, Zosina avait passé son temps à évaluer ce que ses sœurs représentaient pour elle. Elle avait désespérément tenté de leur faire comprendre que leurs instants d'intimité étaient comptés, que dès qu'elle aurait quitté le palais, plus rien ne serait jamais comme avant.

Chose curieuse, Katalin avait été la seule à remarquer l'air préoccupé de Zosina. Un soir, alors que tout le monde était couché, elle était venue rejoindre sa sœur dans sa chambre, s'était assise sur le lit et lui avait demandé :

– Tu n'es pas heureuse, n'est-ce pas, Zosina ?

– Tu ne devrais pas être debout à cette heure-ci, avait répondu Zosina d'un ton machinal.

– J'ai à te parler.

– À quel sujet ?

– À ton sujet. Je te sens inquiète et, à ta place, j'éprouverais les mêmes sentiments. Helsa et Théone aimeraient tant devenir reines qu'elles seraient prêtes à tout supporter pour avoir une couronne sur la tête. Mais toi, tu es différente…

Zosina n'avait pu s'empêcher de sourire. Katalin était très précoce et, en dépit de son âge, beaucoup plus sensible et compréhensive que ses deux autres sœurs. Elle avait pris ses petites mains dans les siennes pour mieux la rassurer.

– Ne t'en fais pas pour moi, ma chérie. La vérité, c'est que je n'ai aucune envie de me séparer de vous et que je crains de n'avoir plus personne avec qui je pourrai rire.

– À ta place, je réagirais de même, avait répliqué Katalin. Mais tout s'arrangera dès que le roi sera tombé amoureux de toi.

– Et si cela n'arrive pas ? avait murmuré Zosina.

– Tu devras t'efforcer de l'aimer, avait répondu Katalin. Sinon, le joli conte n'aura pas une fin heureuse et je ne pourrai supporter de voir ses héros connaître le destin de papa et maman.

– Que veux-tu dire ? s'était étonnée Zosina.

– Ils ne sont pas heureux, ça saute aux yeux, avait expliqué Katalin, et, avant de nous quitter, nounou, une fois, m'a dit que papa, dans sa jeunesse, avait été très amoureux d'une femme qu'il n'avait pu épouser parce qu'elle n'était pas de naissance noble.

– Nounou n'avait pas le droit de te dire des choses pareilles !

– Notre vieille nounou aimait parler de papa parce qu'elle s'était occupée de lui quand il était enfant. Elle le trouvait si extraordinaire qu'elle croyait que le soleil se levait et se couchait à cause de lui.

C'était la vérité et Zosina le savait. Poussée par une curiosité qui lui avait fait honte, elle avait demandé :

– Nounou t'a-t-elle dit le nom de cette femme ?

– Si elle me l'a dit, je ne m'en souviens plus, avait répondu Katalin. Mais elle était très belle et papa l'aimait tant que tout le monde croyait qu'il abdiquerait.

– Comment sais-tu tout cela ?

– Nounou parlait souvent avec les serviteurs qui étaient au palais depuis aussi longtemps qu'elle, avait expliqué Katalin, et comme aucun n'avait jamais aimé maman, il leur arrivait de parler sans prêter attention à moi.

Cela, Zosina le croyait sans peine. Leur nurse, une incorrigible commère, avait pris sa retraite à près de quatre-vingts ans et était morte deux ans plus tard.

– Peut-être, avait poursuivi Katalin, le roi Gyorgy est-il, comme papa, amoureux d'une femme qu'il ne peut épouser ? Dans ce cas, Zosina, tu n'auras qu'une chose à faire : déployer tout ton charme pour la lui faire oublier.

– Je suis convaincue qu'il est trop jeune pour avoir envie d'épouser qui que ce soit !

Zosina avait jeté ces mots comme pour se défendre d'une pareille éventualité.

– Quand on le traite de « débauché », avait repris Katalin, je suppose qu'on veut dire qu'il y a plusieurs femmes dans sa vie. Peut-être ne s'agit-il que de ce que nounou appelait des « passades » ?

– Je me demande ce que dirait maman si elle t'entendait parler ainsi, Katalin.

– Tu peux être sûre que cela n'arrivera jamais ! J'essaie de te dire que tu dois t'attendre à affronter bien des mystères en Dorsie.

– C'est curieux ! Tu es si petite et c'est toi qui me mets en garde...

– Ce n'est pas si curieux, ma chère Zosina; on voit que tu n'as aucun esprit pratique... La plupart du temps, tu planes dans un monde imaginaire et tu penses que les gens sont tous comme toi, ou qu'ils ressemblent aux héros de tes livres. J'ai jeté un coup d'œil dans tes bouquins, tu sais. Tous, sans exception, sont peuplés de personnages de rêve qui, à ton image, sont bons, gentils, courageux et cherchent à s'élever par l'esprit. Dans la vie, on ne recontre pas de gens comme ça.

Stupéfaite, Zosina avait dévisagé sa sœur.

– Est-ce ainsi que tu parles de ta sœur aînée ?

Katalin s'était mise à rire.

– Écoute, il y a longtemps que je pense ce que je viens de te dire mais je dois t'avouer que je l'ai entendu dire aussi par Frau Weber et par le secrétaire de papa.

– Frau Weber ?

Veuve d'un diplomate, Frau Weber avait l'esprit brillant mais le cœur brisé par la mort de son mari. La Reine mère l'avait entourée de jeunes filles en pensant qu'elle arriverait plus facilement à oublier son cher disparu, et elle l'avait fait engager comme gouvernante auprès de ses petites-filles. Zosina avait compris tout de suite que la nouvelle préceptrice était différente, sur le plan intellectuel et pédagogique, de toutes celles qu'elle-même et ses sœurs avaient connues; elle s'était sentie attirée par Frau Weber comme une fleur par la lumière. Par malheur, sa joie d'avoir à ses côtés une femme qui puisse la guider avec un rare bonheur dans ses études avait été de courte durée. Un vieil ami du mari de Frau Weber était arrivé au Lützelstein en mission diplomatique, dans le sillage du Premier ministre belge, et avait rencontré la veuve de son défunt camarade. Deux semaines plus tard, Frau Weber avait annoncé son prochain remariage, c'est-à-dire son départ. Furieuse, l'archiduchesse avait déploré cet égoïsme caractéristique des temps nouveaux et qui contaminait jusqu'aux gouvernantes. L'archiduc, lui, avait compris que l'on préférât le bonheur en amour à une charge de gouvernante. Quant à Zosina, elle avait beaucoup pleuré, sachant qu'elle ne rencontrerait plus jamais une femme aussi passionnée par le savoir et apte à le transmettre.

Zosina se souvenait de tout cela dans sa conversation nocturne avec sa sœur Katalin; elle avait soupiré :

– J'aimerais tant pouvoir parler de mon mariage à Frau Weber...

– Elle vit en Belgique, avait répondu Katalin.

– Oui, je sais que c'est impossible. Ce serait pourtant si réconfortant de pouvoir me confier à une femme capable de me comprendre.

– Bien sûr, avait approuvé Katalin. Mais tout finira par s'arranger. Il suffit de se concentrer sur l'objet de son désir et de contrôler sa pensée...

– Mais enfin, qui a bien pu t'apprendre de telles choses ?

– Je ne m'en souviens pas. À vrai dire, j'ai l'impression que je les ai toujours sues. Je crois que c'est comme la prière. Tu demandes, tu demandes et tu demandes et tout à coup... c'est là !

Avec douceur, Zosina avait attiré sa petite sœur contre elle pour la serrer sur son cœur.

– Oh, Katalin, tu vas tellement me manquer ! s'était-elle exclamée. Je ne connais que toi au monde qui sois convaincue qu'on peut obtenir l'impossible.

– J'en suis sûre, avait insisté Katalin. Tu te souviens du jour où papa refusait de nous laisser assister au concours hippique ? Il avait soudain changé d'avis. Eh bien, c'était mon œuvre !

– Comment ça ?

– Quand je savais qu'il dormait, la nuit, ou qu'il était seul dans son cabinet de travail, le jour, je concentrais toutes mes pensées sur lui et je faisais le vœu qu'il change d'avis. Ce qui a fini par arriver...

Zosina s'était mise à rire.

– Oh, Katalin, avec toi tout paraît si simple ! Que dois-je désirer dans mon cas ?

– Un mari qui t'aime ! avait affirmé Katalin sans hésiter.

C'était ainsi que, grâce à Katalin, au moment où le train royal avait quitté la gare dans un nuage de fumée, laissant sur le quai trois petites princesses agitant tristement la main en signe d'adieu, Zosina jugeait ce qui lui arrivait comme une aventure.

– Tu dois désirer très fort et tout s'arrangera. Pendant ton séjour là-bas, concentre toutes tes pensées sur ce que tu souhaites et je ferai de même de mon côté, lui avait murmuré Katalin en lui disant au revoir. Chaque soir, je t'adresserai mes pensées. Elles franchiront les montagnes et tu les trouveras à côté de toi sur ton oreiller.

Par la fenêtre du wagon, Zosina avait longtemps agité la main pour saluer ses sœurs, ainsi que tous les officiels et leurs épouses venus souhaiter un bon voyage à la Reine mère.

Le train royal avait fort belle allure ! On l'utilisait peu depuis que l'archiduc était condamné à rester au palais à cause de sa goutte. Aussi une foule de curieux s'était-elle massée le long de la voie pour le regarder passer. Zosina était restée debout à saluer de la fenêtre jusqu'au moment où sa grand-mère l'avait priée de prendre place près d'elle pour un brin de conversation.

– À peine ai-je eu le temps de vous regarder, ma chère enfant, avait-elle déclaré. Vous êtes ravissante dans cette délicieuse robe rose. J'ai toujours aimé le rose – c'est une couleur gaie.

– Vous êtes merveilleuse vous-même en bleu, grand-maman, avait répondu Zosina.

La Reine mère avait souri. Ses cheveux, naguère d'un roux flamboyant, étaient gris à présent et son visage – que toute une génération d'artistes avaient souhaité peindre – désormais marqué par les années. Mais elle était belle encore avec ses traits délicats, sa silhouette fine d'une rare distinction et son sourire irrésistible.

– Eh bien, ma chère enfant, avait-elle repris, je suppose que votre père vous a dit que ce voyage était important et pour notre pays et pour la Dorsie ?

– Oui, grand-maman, il me l'a dit.

– J'ai l'impression que vous n'êtes pas aussi heureuse que vous le devriez... s'était soudain inquiétée la vieille dame.

– J'essaie de m'en accommoder, grand-maman. Je préférerais avoir mon mot à dire sur ce mariage, bien sûr, mais c'est stupide de ma part d'y songer.

– Ce n'est pas stupide, mais naturel au contraire. Je comprends que vous vous sentiez anxieuse et peut-être même un peu effrayée...

– Je savais que vous me comprendriez, grand-maman.

– Je me dis souvent que la coutume qui consiste à marier deux êtres pour la seule raison que cette union est souhaitable sur le plan politique est une barbarie.

Zosina avait dévisagé sa grand-mère avec étonnement avant de lui demander :

– Cela vous est-il arrivé, grand-maman ?

Un sourire avait illuminé les traits de la Reine mère.

– J'ai eu beaucoup de chance, Zosina. Beaucoup, beaucoup de chance. On ne vous a jamais raconté l'histoire de mon mariage ?

– Non, grand-maman.

– Votre grand-père était alors prince héritier du Lützelstein et il avait été invité à venir séjourner chez nous par mon père qui lui avait proposé d'épouser ma sœur aînée. Je n'avais que seize ans alors et j'étais très enthousiaste à l'idée que nous allions avoir un prince héritier à titre d'invité extraordinaire...

Elle s'était tue un moment, comme pour rassembler ses souvenirs.

– Ce n'était pas très sage de ma part, avait-elle repris, mais j'avais décidé de le voir avant tout le monde. Je partis donc à cheval du palais de mon père et suivis la route jusqu'à un endroit par lequel je savais qu'il devait passer en entrant dans notre pays.

– Oh ! et qu'est-il arrivé, grand-maman ?

– J'ai fait un détour pour éviter le dispositif militaire mis en place dans les rues pour l'accueillir, et j'ai gagné la frontière par un autre chemin. J'avais appris que le cortège, qui avait quitté la capitale du Lützelstein depuis plusieurs jours, devait faire halte dans une auberge proche de la frontière du royaume de mon père, avant d'entrer, en grande pompe, dans notre capitale.

Zosina, fascinée par ce récit, ne quittait pas sa grand-mère des yeux.

– Je me suis souvent demandé où j'ai pu trouver l'audace de commettre une pareille folie, avait poursuivi la Reine mère, j'ai attendu à l'ombre d'un bouquet d'arbres jusqu'à ce que je puisse voir le prince et son entourage sortir de l'auberge. Tout le monde riait, bavardait, les chevaux piaffaient...

– Et... qu'avez-vous fait ? avait demandé Zosina.

– Je me suis élancée vers eux au galop ! Je portais, je m'en souviens, une tenue d'amazone en velours vert et un petit tricorne orné de plumes assorties que je trouvais très seyant. J'ai arrêté mon cheval juste devant le prince en disant : « Bienvenue, Sire ! » tandis qu'il me dévisageait avec stupeur. Puis, ainsi que je l'avais dressé à le faire, j'ai fait agenouiller mon cheval, qui se mit à saluer de plusieurs inclinaisons de la tête, pendant que je restais en selle, ma cravache à la main comme au cirque !

– Grand-maman ! Ce dut être fantastique !

– Ce fut fantastique, avait confirmé la Reine mère avec un sourire. Votre grand-père a eu le coup de foudre. Il m'a priée de l'escorter, à cheval, jusqu'au palais.

– Et vous l'avez fait ?

– Non. J'avais, Dieu merci, les pieds sur terre et je savais que je ne devais pas agir ainsi. Je suis rentrée seule, avec, bien sûr, le valet d'écurie qui m'avait attendue dans un bosquet.

– Et ensuite ? avait demandé Zosina dévorée de curiosité.

– Au palais, où ma sœur l'attendait, le prince a déclaré à mon père : « J'ai cru comprendre que Votre Majesté avait une autre fille ? » Mon père a déclaré que j'étais trop jeune pour participer aux festivités prévues. Et votre grand-père a regretté l'injustice qui le privait de ma compagnie... Mes parents étaient très embarrassés et comme le prince héritier revenait à la charge, on me permit de descendre pour assister au dîner. Ce fut divin ! Et encore plus quand, avant son départ, le prince déclara à mon père que c'était moi qu'il souhaitait épouser.

– Oh ! grand-maman ! Quelle histoire passionnante ! Pourquoi ne me l'a-t-on pas racontée plus tôt ?

– Votre mère aura craint que ce récit ne vous donne des idées...

– C'est tout à fait le genre d'histoire qu'adorerait Katalin... J'aimerais tant pouvoir la lui répéter !

– Katalin la connaît déjà.

Zosina l'avait regardée, très étonnée.

– Comme elle avait entendu les commérages de sa nurse concernant mon mariage, avait expliqué la Reine mère, elle m'a priée de lui raconter ce qui s'était passé en réalité.

– Et vous l'avez fait ?

– Oui, je lui ai tout décrit : la rencontre, le dîner... Mais en lui faisant promettre de garder le secret afin de ne pas décevoir votre mère.

– Je suis si heureuse de connaître cette histoire, et peut-être...

– Je sais à quoi vous pensez, avait enchaîné sa grand-mère. Vous vous dites que, comme cela s'est passé pour moi, le roi Gyorgy tombera peut-être amoureux de vous au premier regard. Oh, ma chère enfant, je vous le souhaite de tout mon cœur !

– Et si je ne tombe pas, moi, amoureuse de lui ?

– Gardez-vous des pensées négatives. Persuadez-vous que vous allez tomber amoureuse et je suis convaincue que c'est ce qui arrivera.

Sans attendre les commentaires de sa petite-fille, elle lui avait tapoté la joue.

– Vous êtes adorable, mon enfant. Vous verrez

que la beauté est un énorme atout dans la vie, quand on veut suivre son propre chemin.

Zosina avait éclaté de rire.

– Selon Katalin, je vais avoir besoin d'exercer ma volonté pour réaliser mes désirs et voici que vous me conseillez de me servir de ma beauté !

– Un dosage savant des deux éléments risque d'être irrésistible ! avait conclu la Reine mère. Vous n'avez aucune raison de vous tourmenter, ma chère enfant.

Elles n'eurent guère le loisir de poursuivre cette conversation car, sitôt franchie la frontière de la Dorsie, le train s'arrêta dans toutes les gares pour que les délégués locaux puissent prononcer leurs discours de bienvenue à la Reine mère.

La foule rassemblée tout au long du parcours agitait les mains et criait de joie dès que la Reine mère ou Zosina paraissait à une fenêtre de leur wagon.

– La population est ravie de vous rendre hommage, grand-maman, constata Zosina.

– Et surtout de vous apercevoir, ma chère enfant.

Zosina la regarda d'un air ahuri.

– Voulez-vous dire qu'ils savent déjà que je vais épouser le roi ?

– Je suis sûre que toute la Dorsie s'interroge sur les raisons de votre présence et tire ses propres conclusions. Et si vous aviez prêté attention au dernier discours, qui était d'un ennui mortel, vous auriez remarqué que le maire ne cessait de répéter que tout était possible grâce à cette « visite de bon augure »...

Le ton de la Reine mère, mélange de badinage et d'ironie, fit rire Zosina.

– Oh ! grand-maman, s'écria-t-elle, avec vous, tout devient si amusant ! J'adore votre compagnie ! J'aimerais que ce soit vous et non pas moi qui soyez sur le point d'épouser le roi de Dorsie.

– Il faut prendre en considération notre légère différence d'âge et, comme vous le savez, ma chère enfant, si ce n'était le roi de Dorsie, ce serait le roi de Dieu sait où, sinon quelqu'un de beaucoup moins important.

– C'est le sort que Helsa redoute le plus pour elle-même, se souvint Zosina.

– Nous ferons l'impossible pour lui dénicher quelque monarque régnant, mais on les compte sur les doigts d'une main et toute la durée d'un règne sépare hélas les princes héritiers des souverains en exercice... Bien sûr, ce serait plus facile si Helsa avait quelque inclination pour les princes de la Confédération germanique.

– Aucune de nous n'en voudrait ! s'écria Zosina.

– Pour rien au monde ! Ces petites cours sont austères et très guindées; on ne peut même pas y respirer sans manquer au protocole ! Aucune de mes petites-filles ne pourrait le supporter, j'en suis convaincue ! Je dois dire que les séjours que j'ai dû y faire en compagnie de votre grand-père m'auraient été insupportables s'il ne nous avait pas été possible de nous moquer de tout cela en privé, dans nos appartements.

– Quel bonheur, pour grand-papa, d'avoir pu vous épouser ! s'exclama Zosina. Vous arrive-t-il, parfois, de vous demander quel aurait été votre sort si vous n'aviez pas eu l'audace d'aller le saluer le jour de son arrivée ?

– J'y ai souvent songé, en effet. Une autre serait devenue reine du Lützelstein et peut-être ne seriez-vous pas toutes les quatre aussi charmantes et enjouées : vous avez du sang hongrois dans les veines, grâce à moi !

– Et n'est-ce pas à ce même sang que je dois d'être devenue une cavalière accomplie ?

– Les Hongrois savent se tenir à cheval avant

de savoir se tenir sur leurs jambes ! Je taquinais souvent votre grand-père en insinuant que ce n'était pas de moi qu'il était tombé amoureux, mais de ma monture si bien dressée !

– Et que répondait grand-papa ? demanda Zosina.

Les yeux de la Reine mère prirent une expression de grande douceur et elle répondit :

– Vous êtes trop jeune pour le savoir mais, un jour, vous apprendrez ce que dit un homme quand il vous ouvre son cœur.

Puis ce furent de nouvelles gares et de nouvelles foules. La jeune fille put admirer les paysages de ce pays, avec ses montagnes, ses vallées, ses lointaines cimes enneigées et ses rivières argentées. Elle partageait maintenant l'avis de l'ambassadeur qui lui avait affirmé que la Dorsie était un paradis. Lorsque le train approcha de la capitale, le cœur de Zosina se mit à battre si fort qu'elle fut bien obligée de reconnaître qu'elle avait peur et, comme les dames d'honneur s'empressaient autour de la Reine mère, lui tendant ses gants, son sac, lui proposant un miroir, Zosina décida de s'inquiéter aussi de son apparence pour oublier son angoisse.

Sa robe rose lui allait à ravir, elle le savait, et, pourtant, elle se sentit soudain insignifiante et maladroite en comparaison de sa grand-mère, si élégante et majestueuse.

Puis le train ralentit et Zosina aperçut le quai bondé devant lequel, bientôt, leur wagon s'immobiliserait.

– Êtes-vous prête, ma chère enfant ? s'enquit la Reine mère. Je descendrai la première et vous me suivrez. Le roi, en compagnie du régent, je suppose, attendra juste devant la portière de notre wagon.

Zosina voulut répondre mais sa voix s'étrangla dans sa gorge : le train s'arrêtait.

Les dames d'honneur se levèrent et Zosina aperçut le roi. Entouré de nombreuses personnalités, il passait devant la fenêtre du wagon pour se poster devant sa portière.

Sans se presser, la Reine mère disposa à son goût les plis de sa robe puis resta un moment immobile, se préparant, songea Zosina, à faire son apparition. Ensuite, à pas lents, avec son sourire ensorcelant, elle s'avança vers la portière.

Zosina eut l'impression que ses pieds étaient cloués au sol et elle dut faire un effort considérable pour les soulever. Sa grand-mère était déjà sur le quai et elle la suivit. Aussitôt, une voix d'homme salua :

– Bienvenue en Dorsie ! C'est un très grand plaisir et un privilège de vous avoir comme invitée.

Zosina trouva la voix jeune et presque enfantine. Quelques secondes plus tard, la jeune fille exécutait une profonde révérence en prenant appui sur la main qu'on lui tendait.

Elle fut incapable de relever les yeux sur le moment mais elle entendit la voix du roi répéter :

– Bienvenue en Dorsie. C'est un très grand plaisir et un privilège de vous avoir comme invitée.

Alors, elle réussit enfin à le regarder.

C'était un joli garçon. La miniature l'avait fidèlement représenté, mais l'artiste n'avait pu y ajouter un détail qui était nettement perceptible à Zosina : l'expression actuelle du regard du roi !

Elle eut le sentiment qu'il la dévisageait avec une sorte d'animosité ou plutôt – oui, c'était bien cela – de l'aversion.

Ce ne fut qu'une impression fugitive car il avait déjà tourné la tête vers le comte Csaky, qui marchait dans les pas de Zosina.

– J'aimerais que vous fassiez la connaissance de ma petite-fille, la princesse Zosina, dit la Reine mère.

Zosina fit à nouveau la révérence et comprit qu'elle se trouvait à présent en face du régent, le prince Sandor.

Pendant un moment elle eut du mal à chasser de sa mémoire l'expression du regard royal et à maîtriser les battements de son cœur. Puis elle sentit une poigne solide lui tenir la main et entendit une voix déclarer :

– Je suis heureux de vous voir parmi nous, Votre Altesse. J'espère que les Dorsiens sauront rendre votre séjour très agréable.

À n'en pas douter, ces paroles étaient aussi sincères que la voix qui les prononçait. Levant les yeux, Zosina vit un homme très différent de celui qu'elle s'attendait à rencontrer.

Étant donné qu'il était l'oncle du roi et qu'il exerçait la régence depuis plusieurs années, elle avait imaginé qu'il était vieux ou, à tout le moins, d'un certain âge. Mais l'homme qui lui tenait la main au moment où elle achevait sa révérence n'avait pas plus de trente-trois ou trente-quatre ans. Il était beau, songea-t-elle, mais d'une autre façon que le roi, et dégageait une sorte de tranquille assurance qui redonnait à Zosina la confiance dont elle manquait en ce moment. Oui – cette présence l'apaisait et l'accueil du roi ne lui parut plus aussi inquiétant.

Tandis que la Reine mère saluait le Premier ministre et les membres du Conseil, Zosina, sa main encore dans celle du régent, ne bougeait pas.

– Il est toujours déroutant de rencontrer tant d'inconnus pour la première fois, lui dit-il, mais je vous assure qu'ils sont tous aussi heureux que moi de vous recevoir.

– C'est… c'est très aimable à vous, réussit-elle à articuler.

– Vous être agréable est notre seul désir, répondit-il. Et, à présent, laissez-moi vous présenter le Premier ministre. Il meurt d'envie de faire votre connaissance.

Après une nouvelle série de présentations, Zosina se retrouva aux côtés du régent, escortant le roi et la Reine mère vers la sortie de la gare. Comme ils l'atteignaient, une fanfare entonna l'hymne national du Lützelstein, bientôt suivi par celui de la Dorsie.

Du coin de l'œil, Zosina observa le roi. Il restait au garde-à-vous avec l'air de s'ennuyer. Puis, en montant dans la voiture découverte qui les attendait, il bâilla avant de prendre place à côté de la Reine mère, tandis que Zosina et le prince Sandor s'asseyaient en face d'eux. La jeune princesse remarqua aussi les cernes qui soulignaient les yeux du roi.

Katalin a raison, se dit-elle. C'est un débauché. En m'épousant, il redoute d'être obligé de renoncer à ses plaisirs. Voilà pourquoi il me déteste déjà... Cette pensée la déprima si fort qu'elle en oublia un moment de saluer la foule. Mais quand elle vit les femmes de Dorsie qui la dévoraient des yeux, elle s'appliqua à répondre à leurs ovations.

Et tout en saluant de la main, elle remarqua que le roi la dévisageait à nouveau avec la même expression hostile.

3

Sur le seuil de la salle à manger, Zosina se prit à se désoler de l'absence de ses sœurs. Cette pièce ressemblait si peu à la salle sombre du palais paternel où elles prenaient leur repas du soir... Ici, ce n'était que candélabres dorés, vaisselle d'or et branches d'orchidées sur les tables, sur la cheminée monumentale et suspendues en bouquets aux colonnes de marbre.

C'est une maison de conte de fées, songeat-elle. Et on pouvait en dire autant des autres salles du palais qu'elle avait pu admirer jusqu'ici.

Quand, pour la première fois, elle avait aperçu le merveilleux palais de pierre blanche dominant la ville, alors que le soleil incendiait les fenêtres et faisait rougeoyer le dôme central semblable à un bloc d'or massif, Zosina avait retenu son souffle.

Cependant, tandis qu'elle levait les yeux sur les cimes enneigées, s'extasiait sur la verte forêt ceinturant le palais ou admirait les arbres en fleurs le long des routes qu'il fallait emprunter, Zosina avait eu le cœur étrangement serré par l'expression dans les yeux du roi.

Face à lui dans la voiture, elle l'avait regardé à la dérobée. Ses cheveux étaient plus bruns encore que sur la miniature. Son teint était mat et il avait des yeux de jais.

Dès qu'ils eurent pénétré dans le palais et commencé à gravir les marches de l'escalier d'honneur, recouvert d'un tapis rouge et bordé de soldats en uniformes rutilants, Zosina avait, un instant, tout oublié hormis la beauté des lieux.

Frau Weber lui en avait assez appris sur l'architecture pour qu'elle soit capable d'apprécier l'édifice qui réunissait tout ce qu'elle admirait des Grecs, des Romains et des constructions du XVIIIe siècle, notamment celles de Robert Adam.

Le responsable de la décoration intérieure avait su éviter toute surcharge de franges ou de pompons, se bornant à émailler l'ensemble de ces couleurs vives qui mettaient la joie au cœur de Zosina.

– J'ai cru comprendre que nous serions fort peu nombreux pour le repas de ce soir, avait annoncé la Reine mère à sa petite-fille au moment où elles regagnaient leurs appartements respectifs afin de changer de toilette pour le dîner. Mais demain, on donne un grand banquet en notre honneur... Ce soir, vous ne rencontrerez que les proches parents du roi, outre le Premier ministre et sa femme.

Pour ce « dîner intime », trente personnes prirent place dans ce qui était, Zosina l'apprit bientôt, la salle à manger privée du roi. Celui-ci avait la Reine mère à sa droite et Zosina à sa gauche.

Elle-même avait à sa gauche le prince Sandor, placé auprès d'une femme d'une grande beauté, aux cheveux très noirs. Cette dame s'entretenait avec le régent sur le mode intime et il riait beaucoup.

Muette, Zosina se souvint que son père disait souvent :

– Dans un dîner, rien n'est plus assommant qu'une femme qui s'intéresse davantage à la nourriture qu'à ses voisins. Ce que vous dites n'a guère d'importance mais, pour l'amour du Ciel, parlez !

Un peu intimidée – car le roi ne lui avait pas adressé la parole une seule fois depuis qu'ils étaient à table –, elle trouva le courage de se tourner vers lui et déclara :

– Je croirais volontiers, Sire, que votre palais est le plus beau d'Europe !

Le roi marqua un silence avant de la regarder et elle crut un instant qu'il allait ignorer sa remarque. Mais il finit par répondre :

– Vous vous contentez de peu... Je compte faire de grandes transformations !

– Oh non ! s'exclama-t-elle avec spontanéité.

Mais elle se tut aussitôt devant le regard irrité du roi.

– Si vous croyez que n'importe qui pourra se mêler de mes affaires quand je serai libre d'en faire à ma tête, lança-t-il d'un ton dur, vous vous trompez lourdement !

Sa voix était si agressive qu'elle bafouilla, désemparée :

– Oh... je... je ne voulais pas dire ce que... ce que vous avez cru. Je pense que ce palais est... est déjà si beau... Je ne vois pas comment on pourrait encore l'embellir...

– Décidément, il vous en faut peu ! répéta-t-il.

Sur ce, il lui tourna délibérément le dos.

Zosina retint son souffle.

C'était pire que tout ce qu'elle avait pu redouter. Peut-être avait-elle manqué de tact mais en aucun cas elle n'avait voulu le blesser.

– Je vous ai entendue admirer le palais. Je suis très heureux qu'il vous plaise, lui dit alors le régent.

– Je... je le trouve magnifique.

– C'est bien mon avis.

Elle lui trouvait l'air gentil et compréhensif et elle lui expliqua à voix basse :

– Je ne voulais pas froisser Sa Majesté...

Puis, craignant de l'embarrasser, elle poursuivit plus haut :

– Le comte Csaky m'avait vanté la beauté de la Dorsie mais je crois que le poète le plus accompli ne saurait décrire avec fidélité ce que j'ai pu en admirer jusqu'à présent.

– Vous aimez la poésie ?

– Oui, beaucoup. Mais je sais que certaines personnes trouvent cela... ennuyeux.

Elle pensa que le roi faisait sans doute partie de celles-là.

– La poésie est comparable à la musique, fit le régent d'un ton doux, en ce sens qu'elle traduit des émotions et des pensées que le langage ordinaire est impuissant à exprimer.

– J'ai déjà eu souvent l'occasion de le constater, répondit-elle avec une soudaine chaleur dans la voix.

Elle crut surprendre une expression d'étonnement dans les yeux du régent et, espérant qu'il comprendrait, elle ajouta :

– Puis-je... vous demander une faveur ?

– Naturellement.

– Pendant mon séjour ici, quelqu'un pourrait-il m'initier à la Dorsie et au mode de pensée de ses habitants ? Non seulement sur le plan de l'histoire du pays, mais aussi pour ce qui a trait à ce que l'on ne trouve pas dans les livres : les réalités humaines et sociales.

Comme il ne faisait pas mine de répondre, elle crut qu'il n'avait pas compris et insista :

– Ainsi, avant mon arrivée, personne ne m'avait parlé de la beauté de ces murs, de l'éclat particulier des fleurs et du charme des habitants. Dans mon ignorance, je ne voudrais pas passer à côté de ce qui caractérise ce pays.

Comme il ne disait toujours rien, elle hésita une seconde avant d'avouer :

– Je... je croyais que... que vous comprendriez...

– Je comprends, assura-t-il. Je comprends parfaitement. Avant vous, personne ne m'avait jamais fait pareille requête.

– Peut-être estimez-vous ma curiosité... un peu... intempestive ?

– Pas du tout, protesta-t-il, pour l'excellente raison que c'est précisément le genre de connaissances que vous avez le devoir d'acquérir.

Zosina eut l'étrange impression qu'il ne s'était pas attendu à cela de sa part.

– Je vais m'employer, pendant votre séjour parmi nous, poursuivit-il, à vous faire rencontrer des gens et à vous faire visiter des lieux, vous prendrez ce qu'on appelle des « croquis sur le vif ». Oh, je ne suis peut-être pas aussi éloquent que certains de nos savants historiens ni aussi indiscret que les biographes de nos citoyens de premier plan, mais je serai plus succinct et saurai, je l'espère, vous informer plus utilement.

– Si vous faites cela, s'enthousiasma Zosina, je vous en serai très reconnaissante. Mais je ne voudrais pas vous importuner !

– Ne craignez rien ! s'exclama-t-il avec un sourire. À présent, laissez-moi vous parler des convives réunis autour de cette table. Commençons par le Premier ministre.

Tout en parlant, il jeta un regard circulaire sur l'assistance et Zosina eut l'impression qu'il avait délibérément évité de regarder le roi. Il lui fit un « croquis sur le vif » du Premier ministre fort amusant et très précis. Il passa ensuite à l'une des tantes du roi et la décrivit en quelques mots bien sentis qui la firent considérer par Zosina comme une héroïne de roman. Il brossa enfin le portrait de deux autres convives puis, comme il s'interrompait, elle s'exclama :

– Merci, oh, merci, mais continuez ! Grâce à

vous, tous ceux que vous m'avez dépeints me paraissent si vivants que j'ai envie de les connaître ! Je vous en prie, poursuivez...

– Je ne demanderais pas mieux, assura-t-il, mais je crois que...

Il lança un coup d'œil vers le roi et Zosina s'aperçut qu'elle avait manqué à l'étiquette. Elle ne devait pas lui parler si longtemps sans se tourner vers son voisin de droite, ainsi qu'on lui avait appris à le faire. Elle faillit dire qu'elle avait la certitude que le roi ne tenait pas à lui parler, quand l'idée lui traversa l'esprit que le régent désirait peut-être, à son tour, faire la conversation à sa séduisante voisine de gauche.

– Je suis désolée, fit-elle avec modestie. Je ne pensais qu'à moi.

Sur ces paroles, elle se tourna vers le roi qu'elle trouva absorbé dans la contemplation du pied d'un candélabre posé devant lui – comme s'il ne l'avait encore jamais vu. Faisant un effort sur elle-même, elle commença d'une petite voix nerveuse :

– Je me demandais à l'instant... Votre Majesté... ce que nous avions au programme demain. Je me suis laissé dire qu'il y aurait un banquet dans la soirée ?

– Alors vous en savez plus que moi ! proféra-t-il avec brusquerie. Vous ne croyez tout de même pas que j'ai eu mon mot à dire dans l'organisation de tout ce cirque ?

Zosina choisit d'ignorer sa grossièreté et répondit :

– J'imagine que les visites officielles doivent vous paraître bien banales, Sire, mais comme c'est la première à laquelle je participe, je trouve cela passionnant.

– Passionnant ? Mais c'est d'un ennui mortel du début à la fin ! Le seul événement amusant prévu sera le bal masqué.

Percevant une note d'intérêt dans sa voix, Zosina s'empressa d'approuver :

– Un bal masqué ? Aura-t-il lieu ici, au palais ?

– Dieu du Ciel, non ! C'est pour le peuple, pas pour nous ! Nous devons rester assis sur nos trônes dorés et n'aurons pas le droit d'y assister.

– Comme c'est dommage ! Je ne suis jamais allée à un bal masqué, bien que j'en aie souvent entendu parler. Ce doit être amusant de ne pas savoir si vous dansez avec un comte ou un fabricant de bougeoirs, avec un roi ou un ramoneur !

Elle avait espéré le faire sourire par sa remarque. Ce ne fut pas le cas mais du moins tourna-t-il vers elle un visage qui lui parut différent de celui qu'il lui avait présenté jusque-là.

– Voulez-vous dire que je devrais aller à ce bal ? s'enquit-il.

– Je peux me tromper, Sire, mais j'ai l'impression que... que ce ne serait pas la première fois, répondit-elle.

Il la dévisagea comme s'il ne savait pas au juste comment prendre ces paroles, puis il dit :

– Vous essayez de me tendre un piège ? Je n'y tomberai pas !

– Je n'essaie pas de vous tendre un piège ! protesta-t-elle. Si j'étais roi et que j'en aie l'occasion, j'irais au bal masqué ! D'ailleurs, les rois, dans l'histoire, se sont souvent déplacés dans leur royaume sous des déguisements. François Ier, par exemple, avait l'habitude de sortir chaque soir. Il errait à travers la ville pour... se mêler à ses sujets.

Elle avait failli dire « pour rencontrer de jolies femmes » car elle l'avait lu dans une savoureuse biographie de ce monarque écrite par un Français. Elle avait songé à temps que pareil racontar eût été non seulement indiscret, mais déplacé, et elle s'était ravisée.

– Qui était François Ier ? lui demanda le roi.

– Le roi de France, Sire, en 1515.

– Je n'ai jamais entendu parler de lui mais c'était sûrement un homme qui savait vivre.

– Êtes-vous intéressé par l'histoire ?

– Non, pas du tout ! répondit-il. Je trouve cela ennuyeux et assommant. Il est vrai qu'on ne m'a jamais rien dit d'intéressant au sujet des rois et je n'ai bien sûr jamais entendu le genre d'anecdotes que vous venez d'évoquer.

– Nos études ne nous livrent aucun détail sur la vie privée des monarques, approuva Zosina. Il nous faut aller les dénicher dans les livres des bibliothèques et des archives.

– Je n'ai pas le temps de lire, affirma le roi.

Il retomba dans son mutisme et Zosina songea que Sa Majesté faisait décidément preuve de bien peu de bonne volonté. Il aurait fallu être Katalin pour lui tenir tête. Elle fut soulagée de voir la Reine mère se détourner du Premier ministre pour s'adresser au roi. Et, à nouveau, Zosina put parler avec le prince Sandor.

– Parlez-moi du monsieur aux énormes moustaches, implora-t-elle.

Elle vit les yeux du régent pétiller de malice tandis qu'il entreprenait de lui résumer la vie de ce personnage, l'un des plus redoutables généraux de l'armée dorsienne.

Un peu plus tard, lorsque les dames se retirèrent dans un somptueux salon, Zosina se retrouva près d'une tante du roi qui, effroyable bavarde, se mit à lui parler des autres membres de la famille, rapportant certains détails fort intimes que le régent, Zosina en était certaine, ne lui aurait en aucun cas révélés.

– La femme aux cheveux roux – elle est teinte ! – c'est ma cousine Lillie, papotait-elle. C'était une très jolie femme il y a dix ans mais, à présent, elle est mariée avec ce terrible raseur qui est sourd comme une bûche ! Il crie si fort que dès qu'il est là, on se croirait dans une caserne... Mais dites-moi, ma chère enfant, que pensez-vous de mon neveu Gyorgy ?

Prise au dépourvu, Zosina ne savait que dire.

– Je... je ne m'attendais pas à ce que Sa Majesté... ait des cheveux si noirs, déclara-t-elle enfin.

La princesse leva les sourcils.

– Ne vous a-t-on pas dit que sa mère était originaire d'Albanie ?

– Non, avoua Zosina.

– Oh ! mon Dieu ! Vous avez encore beaucoup à apprendre ! Mon frère, le feu roi, qui était l'aîné de huit enfants, eut par malheur quatre filles de son premier mariage.

– Comme mon père !

– En effet. Et cela le rendait très désagréable.

Zosina allait à nouveau s'écrier : « Comme mon père ! » mais elle jugea préférable de se taire.

– Après la mort de la reine, poursuivit la princesse, mon frère annonça qu'il avait l'intention de se remarier avec une princesse albanaise dont personne d'entre nous n'avait jamais entendu parler. Cela ennuya beaucoup le Premier ministre et les conseillers...

– Quelle surprise pour tous ! murmura Zosina.

– C'est le moins qu'on puisse dire, d'autant plus que nous avions toujours considéré les Albanais comme un peuple bizarre, des Bohémiens en quelque sorte, précisa-t-elle, avec mépris. Mais enfin, mon frère le roi réalisa le rêve qu'il avait cru impossible, le jour où sa seconde femme donna naissance à un fils. Il avait enfin un héritier.

– Il a dû être si heureux... soupira Zosina en songeant à son père qui n'avait pas eu ce bonheur.

– Oui, et c'est pourquoi Gyorgy a été trop

gâté pendant sa jeunesse. Jusqu'au jour de sa mort, mon frère l'a aimé à la folie et sa mère, à mon avis, le dorlotait abominablement.

Le fait que le roi soit à demi Albanais, songea Zosina, explique sa chevelure si noire et son teint, mais aussi son caractère farouche...

– Vous devrez vous montrer très compréhensive, ma chère, poursuivit la princesse, et gagner la confiance de Gyorgy. Je crois sincèrement, tout comme Sandor, qu'il fera un bon roi, s'il se range et assume ses responsabilités.

– Je croyais que le prince Sandor serait beaucoup plus âgé, dit Zosina.

– Ah oui ! parce qu'il est l'oncle de Gyorgy ? Sandor est le frère cadet de mon père, le dernier des huit enfants dont je vous parlais et le seul autre garçon. Nous étions sûrs, jusqu'à la naissance de Gyorgy, que Sandor serait le prochain roi de Dorsie.

Zosina n'osa demander s'il avait été très déçu d'avoir dû céder son rang dans la succession au trône.

– Je peux dire, poursuivit la princesse, que vous êtes adorable, ma chère enfant. Vous êtes celle que nous attendions.

Le lendemain, des députations vinrent saluer la Reine mère du début de la matinée jusqu'à l'heure du déjeuner offert par le maire de la capitale et le conseil de la ville.

Les deux visiteuses se trouvèrent à nouveau dans un carrosse tiré par six chevaux blancs et, sur leur passage, la foule qui encombrait les rues parut encore plus enthousiaste qu'à leur arrivée.

Très tôt le matin, la Reine mère avait envoyé une de ses dames d'honneur faire savoir à Zosina qu'elle s'habillerait couleur parme. Elle suggérait à sa petite-fille de porter une robe blanche gansée de dentelle et un chapeau orné de roses assorties.

– Je fais très jeune mariée, fit remarquer Zosina quand elle eut rejoint sa grand-mère dans ses appartements avant de descendre.

– C'est ce que vous serez bientôt !

À ces paroles, Zosina frissonna. La veille, avant de s'endormir, elle avait beaucoup pensé au roi. Il se conduisait comme un écolier insolent. Elle avait même du mal à penser à lui comme à un homme adulte.

Elle avait toujours rêvé d'un mari qui la protégerait, sur qui elle pourrait compter, dont elle rechercherait l'avis et qui la guiderait dans l'existence. Or, il semblait évident que le roi n'avait aucune des qualités indispensables pour être ce mari-là... et cela la terrifiait. Mais elle tenait à se montrer digne de ce que l'on attendait d'elle, et elle avait tenté de trouver des raisons à l'attitude si peu sympathique du roi vis-à-vis d'elle. Après tout, n'étaient-ils pas encore deux étrangers l'un pour l'autre ? Si, bien sûr. Pourtant, elle avait la secrète conviction que l'idée même du mariage déplaisait au roi et qu'il détestait cette épouse qu'on lui avait choisie. Dans ce cas, il aurait mieux valu attendre qu'il ait acquis davantage de maturité. Attendre ? C'était malheureusement impossible puisque ce mariage scellait l'union de leurs deux pays contre la puissance croissante de l'Allemagne menaçante.

Avait-on expliqué cela au roi ? Le prince Sandor l'avait sûrement fait... Au moins aurait-elle en la personne de ce dernier quelqu'un d'intelligent et de cultivé avec qui parler. Mais... que devenait un régent en quittant ses fonctions ? Se retirait-il dans l'ombre ou lui trouvait-on une autre position dans le gouvernement ?

Le roi garda un air maussade et ennuyé pendant tout le trajet jusqu'à l'hôtel de ville où avait lieu le déjeuner. Il n'adressa la parole à personne, pas même à la Reine mère et, comme elle saluait la foule enthousiaste devant cette jeune princesse en blanc, Zosina décida d'ignorer l'homme en face d'elle.

À l'hôtel de ville, elle fut contente de n'être pas placée à côté du roi. Le Premier ministre était à sa gauche et le ministre des Finances à sa droite. Se souvenant des « croquis sur le vif » du prince Sandor, elle étonna et ravit ses voisins en leur parlant de leurs enfants et en demandant au Premier ministre des nouvelles de sa femme française. Ils s'animèrent et répondirent à ses questions sur la Dorsie, très fiers de l'intérêt qu'elle leur portait ainsi qu'à leur pays.

– Je vous remercie infiniment ! dit-elle, prenant congé du Premier ministre. Grâce à vous, ce déjeuner a été le plus agréable de ma vie et je ne l'oublierai pas.

– C'est Votre Altesse qui a fait de cette circonstance une date à marquer d'une pierre blanche, répondit-il, et je puis vous assurer que vous avez déjà l'affection des Dorsiens.

Et en saluant le régent, il lui déclara :

– Comment vous remercier pour votre choix ? Vous avez été plus avisé que moi. Croyez-moi, je ne mettrai plus votre jugement en doute, surtout en matière de femmes !

Les yeux du prince Sandor pétillèrent.

– Dois-je avouer que je me félicite moi aussi ? dit-il gaiement avant d'aller prendre place dans le carrosse royal.

De retour au palais, la Reine mère regagna ses appartements privés.

– J'espère, Gyorgy, que vous m'y rendrez visite, dit-elle. Nous n'avons pas encore eu l'occasion de parler ensemble…

Le roi ne parut pas très enthousiaste à cette perspective, mais lorsque Zosina rejoignit sa grand-mère, il était là, assis en face d'elle, l'air maussade.

– Puisque personne ne le saura, dit la vieille dame, je crois que nous pouvons oublier le protocole un instant. Ainsi vous pourrez faire connaissance loin des regards indiscrets et des oreilles curieuses... Je vous laisse en tête-à-tête !

Elle gratifia le roi et sa petite-fille de son fameux sourire et quitta le salon en refermant sans bruit la porte derrière elle.

Sans un mot, le roi se leva et traversa la pièce pour aller regarder au-dehors par une fenêtre. Il y eut un long silence que Zosina finit par rompre.

– Grand-maman... essaie toujours de rendre les choses aussi simples que possible, dit-elle.

– Simples ! s'écria le roi. Je ne vois rien de simple dans votre présence ici ni dans ce damné mariage !

– Ce mariage vous déplaît donc à ce point ?

– Je hais cette histoire de mariage, déclara-t-il d'un ton cassant. Je n'ai aucune envie de me marier ! Tout ce que je veux, c'est être libre, ne plus recevoir d'ordres de personne du matin au soir ! Je ne veux plus qu'on me dicte ma conduite !

– Je... je peux comprendre cela, assura-t-elle, mais vous savez dans quel but notre union a été... arrangée ?

– Je sais pour quelle raison ils prétendent qu'elle a été projetée. Mais la véritable raison, c'est que l'oncle Sandor veut que quelqu'un le remplace, quelqu'un qui pourra me manipuler, comme il l'a toujours fait lui-même.

– Je suis certaine que ce n'est pas vrai ! Si c'était le cas, pourquoi m'aurait-on choisie, moi ?

– Tout le monde sait que votre mère mène votre père par le bout du nez et que le Lützelstein est gouverné par une femme !

– C'est un mensonge ! s'indigna-t-elle. Ceux qui vous ont ainsi renseigné ont abusé Votre Majesté avec des absurdités !

Le roi éclata d'un rire mauvais.

– C'est un fait, que vous soyez au courant ou non, lança-t-il, et si vous croyez que vous allez gouverner mon pays, je vous promets que vous allez tomber de haut !

– Je ne souhaite rien gouverner ni personne ! Moi non plus, je n'avais aucune envie de me marier. Mais on m'a ordonné de le faire.

– Vous vous imaginez que je vais croire un tel roman ? Toutes les femmes rêvent d'avoir une couronne sur la tête !

– C'est possible, mais pas moi, rétorqua Zosina. Je veux... je tiens à être amoureuse de l'homme que j'épouserai.

Le roi eut un petit rire moqueur.

– Parlons-en de l'amour ! On peut en trouver n'importe où ! On peut même en ramasser dans la rue. Mais je n'ai pas le droit d'épouser une femme qui m'offrirait de cet amour-là ! Oh, non ! Mon oncle décide tout à ma place !

Ainsi, le roi haïssait le régent... Zosina, qui était restée debout jusqu'ici, sentit ses jambes faiblir et se laissa tomber dans un fauteuil.

– Que faire ? demanda-t-elle d'un ton qui trahissait son désarroi.

– Que faire ? Eh bien, obéir, naturellement ! L'oncle Sandor a la situation en main, pendant que le Premier ministre et toute cette engeance de crétins qui lui font des courbettes me prennent pour un animal de cirque bien dressé : « Sautez à travers le cerceau, Votre Majesté ! Allons, un saut périlleux, Votre Majesté ! C'est le moment, un peu de voltige, Votre Majesté ! » Vous ne croyez tout de même pas que je peux leur refuser quoi que ce soit ?

Zosina joignit les mains.

– Je comprends que cela vous paraisse injuste… et même cruel, fit-elle d'une petite voix, mais la menace que représente pour nos pays l'empire allemand est réelle !

– C'est ce qu'ils disent ! répliqua le roi. Quant à moi, je me fiche des Allemands ! Ils peuvent nous englober dans leur empire. Nous y serons mieux que là où nous sommes aujourd'hui !

– Non ! Oh, non ! s'écria Zosina. Comment pouvez-vous dire cela ! Nous devons préserver notre indépendance ! Comment pouvez-vous accepter la férule d'un empire prussien ?

– On me laisserait mon trône !

– Aussi longtemps que vous seriez soumis en tout ! Vous trouvez votre position inconfortable en ce moment ? Ce n'est rien en comparaison de ce qu'elle serait sous la botte allemande !

– Je reconnais bien là les idées d'oncle Sandor, constata-t-il avec un sourire de mépris. Tout ça n'est qu'un épouvantail fabriqué par tous ces politiciens qui n'ont rien de mieux à faire !

– Pas du tout ! C'est la vérité ! Vous ne lisez donc pas les journaux ? Moi, si. Et j'ai entendu mon père démontrer que la puissance allemande représente pour nous une terrible menace. Est-il possible que vous ne compreniez pas que le Lützelstein et la Dorsie ne peuvent que redouter la domination prussienne ?

– Écoutez ! Ce que je veux, moi, c'est vivre ma vie et prendre du bon temps. Si je tentais de me mêler de politique, on ne me laisserait pas faire bien longtemps. Dans ces conditions, pourquoi essayer d'y comprendre quelque chose ?

Zosina soupira, songeant que le roi se conduisait plus que jamais comme un écolier agressif. Il était évident que, quoi qu'elle dise, il était incapable de réaliser la gravité de la situation. Il resterait persuadé qu'on ne cherchait, à travers elle, qu'à mieux le manipuler.

Elle se leva et se dirigea non pas vers lui, mais vers une autre fenêtre et se mit, elle aussi, à regarder dehors.

Le ciel était d'un bleu intense et la blancheur de la neige sur les montagnes était aveuglante sous le soleil. Le fleuve qui traversait la capitale ressemblait à un chemin éblouissant et irréel. Il disparaissait à l'horizon vers de mystérieuses régions.

– La Dorsie est un si beau pays, fit-elle songeuse. Et il est à vous. Il vous appartient !

Le roi éclata de rire et déclara, sarcastique :

– Vous le croyez ? Non, c'est mon oncle Sandor qui le gouverne et tout le monde le sait, du Premier ministre au dernier des mendiants ! On ne vous a pas encore appris que je suis né d'une union tardive et malencontreuse ? Que ma mère était une Bohémienne d'Albanie qui n'aurait jamais dû mettre les pieds en Dorsie ?

– Vous êtes le roi, répliqua-t-elle d'un ton ferme, et il ne tient qu'à vous de gagner l'amour et le respect de votre peuple ! Vous y parviendrez en protégeant l'indépendance de votre pays et alors, vous aurez de vraies raisons d'être fier de vous.

Le roi éclata à nouveau de rire mais il était, cette fois, franchement amusé.

– Je connais cette litanie par cœur, vous savez ! « Vous devez être un bon roi, Votre Majesté ! Soyez donc avec votre peuple, Votre Majesté ! Vos sujets doivent apprendre à vous aimer, Votre Majesté ! » Ah ! C'est l'oncle Sandor qui peut être fier ! Il a su choisir celle qu'il fallait pour gouverner la Dorsie à sa place ! Il ne pouvait rêver meilleure recrue qu'une princesse du Lützelstein...

– Pourquoi vous montrer insultant ? C'est inutile ! lança Zosina, irritée. Si j'avais le droit de faire ce qui me plaît, je rentrerais sur-le-champ au Lützelstein, j'irais trouver mon père et je lui dirais que je refuse d'épouser un homme qui me suspecte de tant de fausseté et de médiocrité !

– Mais c'est qu'elle a du caractère ! ironisa-t-il. Enfin, à tout prendre, je préfère ça à vos sermons !

Zosina eut soudain conscience de se conduire presque aussi grossièrement que lui.

– Je vous prie de m'excuser, fit-elle avec sincérité. Je n'ai pas le goût de la prédication et pas le moindre désir de vous suggérer de faire quoi que ce soit qui vous déplairait.

– Mais vous le ferez quand même, répliqua le roi, et ce sera pour mon bien ! s'écria-t-il, railleur. C'est toujours ce que dit l'oncle Sandor : « Je vous dis cela dans votre intérêt ! » Si vous voulez le savoir, j'en ai par-dessus la tête de l'oncle Sandor et de tous les autres ! Je veux m'amuser avec de vrais amis, faire l'amour aux femmes que je trouve belles et, je vous le dis, vous n'êtes pas du tout mon genre !

Zosina n'en croyait pas ses oreilles. Elle continua à regarder par la fenêtre.

À la réflexion, cette conversation semblait sortie d'un cauchemar.

– Autre chose, reprit-il. Puisqu'il nous faudra bien nous marier : dès que je serai roi et que je pourrai envoyer l'oncle Sandor faire ses malles, j'irai mon chemin et vous le vôtre !

Sur ces mots, il quitta le salon et claqua la porte avec bruit.

Zosina cacha son visage dans ses mains. Elle essayait de se convaincre que, si elle n'avait pas rêvé cette scène, tout devait être de sa faute. L'avait-elle offensé ? Elle tremblait de tout son être sans parvenir à croire à la scène qu'elle venait de vivre.

De sa vie, aucun homme, à l'exception de son père, ne lui avait parlé sur cet horrible ton sarcastique qui lui mettait les nerfs à vif.

Comment pourrais-je épouser un être pareil ? se demanda-t-elle avec angoisse.

C'est alors qu'un valet ouvrit la porte pour annoncer :

– Son Altesse le régent, Votre Altesse !

De toute évidence, le valet de pied ignorait que le roi avait quitté la pièce un instant plus tôt. Zosina s'agrippa des deux mains à la tablette de la fenêtre. Elle était incapable de se retourner pour faire face au prince Sandor. Elle entendit bientôt la porte se refermer puis il dit de sa voix paisible :

– Que s'est-il passé ? Pourquoi êtes-vous seule ? J'ai aperçu le roi qui s'éloignait... Vous êtes bouleversée, fit-il doucement en s'approchant d'elle. Je suis désolé si le roi est à l'origine de votre trouble...

Tant de vraie gentillesse fit monter les larmes aux yeux de Zosina. Et soudain, elle balbutia :

– Il me hait ! Il est très en colère... parce que... parce que vous... vous m'avez fait venir ici.

– Je ne peux croire que le roi ait déclaré qu'il vous haïssait... dit-il, stupéfait, quels mots a-t-il employés ?

– Je... je ne peux pas les répéter mais il est très contrarié par le fait de devoir m'épouser et... il croit que vous m'avez choisie... parce que je... vais le mener par le bout du nez comme... le fait ma mère avec mon père ! C'est ce qu'il affirme !

Elle avait parlé sur le ton d'une enfant qui veut se délivrer d'un fardeau abominable, sous le coup de l'émotion et au bord des larmes. Elle continuait à regarder par la fenêtre et tentait désespérément de se ressaisir.

Le régent se rapprocha encore. Et une étrange intuition la poussa à ne pas bouger. Elle osait à peine respirer.

– Je suis navré, répéta-t-il enfin de sa voix

grave. Il est désolant que pareille chose se soit produite et, qui plus est, à l'occasion de votre visite.

– Je vous en prie... pourrais-je... retourner chez moi ? Peut-être pourriez-vous trouver une autre fiancée au roi ? suggéra-t-elle, tremblante.

– Vous savez que c'est impossible, répondit-il. La raison d'État est parfois très cruelle et dans ce mariage qui décide de l'avenir de nos deux pays, on ne peut tenir compte des goûts et des aversions personnels.

– Le roi ne semble pas en avoir conscience, murmura Zosina.

– Il serait temps qu'il le comprenne, pourtant, répliqua-t-il d'un ton autoritaire. Nous lui avons expliqué la situation je ne sais combien de fois !

– Il veut être libre.

– Il ne le serait pas sous la férule de l'empereur Guillaume !

– Je le lui ai dit mais il refuse d'écouter. Ne pourriez-vous lui permettre de choisir lui-même son épouse ? insista-t-elle. S'il était venu au Lützelstein, peut-être serait-il tombé amoureux de l'une de mes sœurs ?

Comme il gardait le silence, elle se retourna vers lui et leurs regards se croisèrent. Les yeux du prince Sandor exprimaient un sentiment énigmatique pour Zosina.

– Je suis navrée, dit-elle après un long silence. Je suis stupide. Vous en avez la preuve.

– Ne dites pas cela, protesta-t-il. Tout est de ma faute mais, même à présent que je vous ai rencontrée, je ne suis pas certain que j'aurais pu agir autrement.

Voyant qu'elle ne comprenait pas, il reprit :

– Je ne pouvais savoir que vous étiez... celle que vous êtes.

– Ai-je quelque chose qui ne convient pas ? demanda-t-elle d'un ton presque pathétique.

– Vous êtes parfaite, parfaite ! À tout point de vue ! Vous n'auriez jamais dû être mêlée à tout cela. Comment n'y ai-je pas pensé... Il faut dire que je ne vous avais jamais vue !

– Qu'auriez-vous dû penser ?

– Que vous seriez sensible, vulnérable... et très intelligente.

– Comment pouvez-vous en être si sûr ?

– Vous oubliez que nous avons eu une longue discussion ensemble...

– Si vous croyez que je suis ainsi... alors dites-moi ce qui ne va pas en moi ?

Il hésita puis, avec une subite brusquerie, il avoua :

– Je croyais que vous seriez comme votre mère.

Zosina retint son souffle.

– Le roi m'a dit que tout le monde savait que ma mère décidait de tout au Lützelstein et que nous étions gouvernés par une femme en réalité.

Le régent serra les lèvres.

– Il n'avait pas le droit de vous le dire.

– Mais c'est ce que vous pensez ?

– Je n'ai pas dit cela !

– Est-ce la vérité ? Je n'en avais aucune idée. Pour moi et mes sœurs, mon père est tout-puissant... et je croyais qu'il impressionnait tout le monde autant que nous, dans notre pays.

Était-ce parce que sa femme décidait de tout à l'extérieur du palais que l'archiduc manifestait si peu de tendresse à ses filles qui sortaient si rarement ? Non, de toute façon, Zosina ne pouvait croire aux absurdités du roi Gyorgy... Pourtant, ce n'était pas en restant cloîtrée dans la salle d'étude qu'on pouvait apprendre ce qui se passait dans les assemblées du royaume. Ce n'était pas là, non plus, qu'on pouvait connaître les décisions prises par son père touchant aux problèmes innombrables qui lui étaient soumis, jour après jour, par les membres du gouvernement...

Pour la première fois de sa vie, Zosina prenait conscience de l'autorité de sa mère. Elle avait toujours une opinion sur tout. Le régent avait souhaité voir se reproduire la même situation en Dorsie et force lui était de reconnaître que, sur ce point en tout cas, le roi avait raison.

Il l'avait choisie parce qu'il avait cru qu'à l'instar de sa mère elle obligerait le roi à prendre des décisions contre sa volonté, sur des questions qu'il ne connaissait pas et dans des domaines où il ne se montrait guère docile.

– Je ne pourrai jamais faire ce que vous attendez de moi, murmura-t-elle.

– À présent, je le sais, admit-il. Mais il est trop tard.

– Pourquoi ?

– Parce que le Premier ministre et le Conseil ont approuvé votre mariage avec le roi. Ceux des conseillers qui ont déjà fait votre connaissance sont conquis et vous considèrent comme une reine idéale, belle et compréhensive, qui saura gagner l'amour du pays, et Dieu sait que c'est un point important.

– Et le roi ?

– Je vais faire en sorte qu'il se conduise comme il le doit, assura-t-il.

– Non, non... je vous en prie ! s'écria Zosina. Ne vous en faites pas un ennemi ! Il me hait et n'apprécie pas ma présence ici. S'il apprend que je me suis plainte auprès de vous, cela ne fera qu'aggraver la situation.

– Que puis-je faire, à votre avis ?

– Il vaudrait mieux ne rien faire, affirma-t-elle. J'essaierai de toutes mes forces de gagner sa confiance. Ensuite, les choses changeront peut-être d'elles-mêmes.

Disant cela, elle songea que le roi était comme un animal sauvage qu'il lui fallait apprivoiser.

Elle devait d'abord faire en sorte de ne pas l'effaroucher. Il ne devait pas la soupçonner d'essayer de le capturer pour le mettre en cage. Puis elle se souvint que le roi n'était pas un animal mais un homme et qu'elle ne savait rien des hommes.

Tout en elle se révoltait au souvenir de cet être qui jurait, se moquait d'elle et étalait une ignorance et un égoïsme stupides et méchants.

L'expression de son visage devait trahir ses sentiments car le régent implora :

– Je vous supplie de me pardonner d'être la cause de vos tourments... Je ne vois que trop ce que j'ai fait mais il m'est impossible de faire machine arrière...

– Il n'est pas en votre pouvoir d'intervenir, reconnut-elle. Je vois que tout est entre mes mains... mais je vous demande de m'aider et, si vous le pouvez, de me donner du courage parce que... j'ai peur.

Et elle tendit vers lui une main qu'il serra entre les siennes.

– Vous êtes la femme la plus extraordinaire que j'aie jamais connue, affirma-t-il.

4

Pendant un moment qui lui parut très long, Zosina regarda le prince Sandor dans les yeux puis elle murmura :

– Je vous remercie.

À cet instant précis, la porte s'ouvrit et la Reine mère apparut. Elle regarda avec étonnement le régent qui lâchait la main de Zosina et demanda :

– Où est Gyorgy ? Je le croyais ici.

– Il avait oublié qu'il devait accorder une audience, répondit-il.

– Cela lui ressemble tout à fait ! fit remarquer la Reine mère. Mais je trouve qu'il a fait de grands progrès depuis la dernière fois que je l'ai vu. Je vous félicite, Sandor. Je sais combien cela a dû être difficile pour vous.

Voyant l'air surpris de Zosina, elle s'interrompit et s'adressa à sa petite-fille :

– Vous devriez aller vous reposer, ma chère enfant, avant le dîner de gala.

Zosina fit une révérence à sa grand-mère, l'embrassa sur la joue et fit une autre révérence devant le régent sans le regarder.

Dans sa chambre, bien en évidence sur un secrétaire, elle trouva le programme des réjouissances; le feuillet avait été placé là par un aide de camp détaché auprès des visiteuses. Zosina le prit distraitement et découvrit les manifestations prévues pour les jours suivants.

11 h 30. – S.M. la reine Szofia et S.A. la princesse Zosina visiteront le couvent du Sacré-Cœur.

14 h 30. – S.M. la reine Szofia inaugurera le nouveau Jardin botanique.

19 heures. – S.M. le roi, S.M. la reine Szofia, S.A. la princesse Zosina et S.A. le prince régent dîneront avec les membres de l'ordre de Saint-Miklos.

À 11 heures, le dernier jour de leur visite, il y aurait une réception organisée par le Premier ministre au palais du gourvernement. À cette occasion, « le mariage de S.M. le roi sera officiellement annoncé », lut Zosina, le cœur battant.

Reposant le programme, elle alla se mettre à sa coiffeuse. Elle se regarda dans le miroir et comprit soudain que ses cheveux coiffés avec art seraient bientôt couverts d'une scintillante couronne. Elle serait alors une autre Zosina... Elle mit les mains sur ses yeux.

Comment pourrait-elle supporter cette épreuve ? Pas de devenir la reine d'un peuple aussi amical, mais de devenir la femme du roi !

Elle était bel et bien prise au piège sans aucune chance de s'échapper. Jusqu'à sa mort. « Une femme extraordinaire »... avait dit le prince Sandor.

Voilà ce que je dois être, décida-t-elle avant de se détourner du miroir.

Le dîner de gala offrait un spectacle impressionnant. Installés dans la salle des banquets du palais, plus de trois cents invités dégustaient un repas raffiné composé de huit services, chacun assorti d'un vin.

Les yeux fixés sur sa grand-mère, Zosina songea qu'elle était une fois encore très belle et très imposante.

Parée des joyaux de la couronne du Lützelstein, spécialement empruntés au Trésor pour cette circonstance, elle portait une robe chatoyante et avec ses cinq rangs de diamants au cou, elle était l'image idéale d'une reine.

Par contraste, Zosina se trouvait bien insignifiante. Elle n'était pas en blanc – couleur désormais réservée au mariage – mais elle avait choisi une des robes les plus sophistiquées de son trousseau. D'un bleu très pâle, cette toilette comportait une traîne de tulle qui formait comme l'écume à la crête des vagues tandis que les épaules étaient auréolées d'un nuage du même tulle qui mettait en valeur la blancheur du teint de la jeune fille et agrandissait encore ses yeux dans son fin visage.

Concession à son prochain mariage, l'archiduchesse sa mère lui avait prêté une petite tiare qu'elle avait toujours considérée comme trop modeste pour la porter elle-même. Il s'agissait d'une guirlande de fleurs en diamants et turquoises. Elle étincelait sous les grands lustres de cristal et donnait à la jeune fille l'allure d'une gracieuse déesse du printemps. Son cou et ses bras étaient aussi ornés de diamants et de turquoises.

Mais, le cœur serré, Zosina souffrait de l'absence de ses sœurs. Katalin, surtout, lui manquait. Elle avait eu des remarques si amusantes au sujet des robes de sa sœur...

– Tu auras tout d'une prima donna ! s'était-elle exclamée. Bien sûr, tu n'as pas assez de poitrine pour être cantatrice, mais je suis sûre que le roi sera ensorcelé par ta beauté dès qu'il posera les yeux sur toi !

Eh bien, voilà au moins une prédiction qui ne se réalisera pas, avait songé Zosina en mettant la dernière main à sa toilette avant de sortir.

Elle avait espéré que le régent la trouverait

à la hauteur de son rôle et s'était dit qu'elle réussirait peut-être à obtenir du roi la courtoisie élémentaire qu'il lui devait.

À la rigueur, elle comprenait que celui-ci n'appréciât guère l'autorité de son oncle. Après tout, il était roi et le fait de voir un autre que lui, si qualifié soit-il, gouverner à sa place devait être difficile à supporter. Et depuis qu'on avait révélé à Zosina la réputation d'autorité de sa mère, elle se souvenait de nombreuses circonstances où celle-ci avait annulé des décisions prises par son mari, ou refusé à ses filles des permissions que leur père leur aurait peut-être accordées.

Et aujourd'hui, Zosina se demandait comment se délivrer de cette réputation pour mieux convaincre le roi qu'elle n'avait aucune envie de dominer qui que ce soit, lui moins que tout autre.

Je veux apprendre à connaître ce peuple, songeait-elle, et, comme le dit le régent, à mériter son amour. Cependant, l'idée que les instigateurs de sa venue en Dorsie avaient agi avec l'espoir qu'elle saurait dominer le roi et tirer les ficelles dans les coulisses la terrifiait. Comment avait-on pu imaginer que ce pays serait gouverné grâce à l'ascendant qu'elle saurait prendre sur son royal époux, pour le pousser à adopter le juste point de vue ?

Elle avait au moins une certitude : il prendrait le contre-pied de tout ce qu'elle lui suggérerait...

Puis elle avait réfléchi. Katalin ne se serait pas attaquée au problème de cette façon. Elle aurait tout fait pour gagner d'abord la confiance du roi. Mais suffisait-il vraiment de « concentrer toutes ses pensées sur ce que l'on voulait » pour l'obtenir ? Katalin avait été formelle : cette méthode marchait à coup sûr... Zosina résolut donc de l'essayer pour faire comprendre au roi que, loin de représenter pour lui un obstacle ou de vouloir aller contre sa volonté, elle ne demandait qu'à lui manifester bienveillance et compréhension.

Quand elle pensait à tout cela, elle se disait qu'il valait mieux compter sur l'intercession divine que sur la volonté des hommes.

– Mon Dieu, je vous en supplie, venez à mon aide ! avait-elle murmuré.

Quelques minutes plus tard, pendant qu'elle se dirigeait, en compagnie de la Reine mère, vers la salle des banquets, cette dernière lui avait dit avec sa légèreté coutumière :

– Vous êtes adorable, Zosina. Tous les Dorsiens sont fascinés par votre beauté et votre charme. Je suis très fière de vous.

– Je vous remercie, grand-maman.

– Au fait, que vous disait Sandor quand je suis entrée au salon ?

Il y avait dans sa voix une nuance de curiosité que Zosina ne put se résoudre à satisfaire.

– Son Altesse était en train de me parler du roi, grand-maman, avait-elle répondu.

– Je le pensais, avait déclaré la vieille dame en souriant. Je suis certaine que vous vous découvrirez beaucoup de points communs avec Gyorgy. D'ailleurs, vous êtes du même âge.

La salle des banquets était décorée de somptueux bouquets. Sur les tables, des surtouts d'or et d'argent brillaient à la lumière des centaines de bougies des grands lustres de cristal. Il y avait aussi plusieurs becs de gaz et Zosina ne douta pas qu'hormis les très grandes occasions ceux-ci devaient constituer l'éclairage habituel de cette immense salle.

Ce soir, l'éclat des bougies rehaussait encore la beauté des Dorsiennes. Quant aux hommes, de haute stature, avec leurs traits fins et réguliers, ils étaient tous très séduisants.

Le régent se trouvait placé à la gauche de Zosina et, comme s'il avait lu dans ses pensées, il demanda en la voyant promener son regard sur l'assistance :

– Votre opinion est-elle faite ? Sommes-nous acceptables ?

Elle se tourna vers lui en souriant, les yeux brillants :

– Tout est si beau ! s'exclama-t-elle. Et j'étais en train de penser que les habitants de la Dorsie étaient aussi séduisants que leur pays.

– C'est très flatteur, répondit-il, je suis sûr que votre grand-mère ne manquerait pas d'affirmer que cela vient du sang hongrois qui coule dans nos veines ! Nous devons aussi à nos ancêtres hongrois nos cheveux roux et notre teint clair...

Quel dommage que le roi tienne de sa mère albanaise et non de son père dorsien ! songea-t-elle, mais elle répondit avec amabilité :

– Je n'avais encore jamais assisté à un dîner de gala. J'ai l'impression de participer à un passionnant et prestigieux spectacle sur une scène de théâtre.

Elle se souvint de Katalin décrétant qu'elle aurait tout l'air de la prima donna dans un opéra et l'idée lui vint que si sa sœur pouvait voir le régent, elle s'accorderait à reconnaître qu'il était digne de tenir le premier rôle masculin.

Ce soir-là, tout comme le roi, il portait une tunique blanche et, s'agissant d'une tenue militaire, celle-ci, outre un collet brodé d'or, comportait de lourdes épaulettes d'or.

Les décorations du roi étaient celles traditionnellement portées par un monarque mais la plupart de celles qui brillaient sur la poitrine du régent étaient des médailles militaires gagnées au champ d'honneur. Zosina les reconnut car elle en avait vu de semblables au cours de sa visite à l'arsenal du palais. De plus, son air martial et un je-ne-sais-quoi dans son allure montraient qu'il devait être un excellent meneur d'hommes.

Après qu'il eut désigné à Zosina quelques célébrités parmi les convives, celle-ci se souvint de l'étiquette et se tourna poliment vers le roi. Mais elle resta un moment incapable de trouver quelque chose à dire, redoutant de l'agacer et de faire éclater une nouvelle dispute.

Parce que ce fut la première chose qui ne pouvait prêter à controverse qui lui traversa l'esprit, elle finit par demander :

– Donnez-vous parfois des bals au palais ? Cette salle serait idéale pour danser.

– De temps à autre. Ils sont toujours très guindés et ennuyeux, répondit-il d'un ton bourru. Mais je vais bientôt changer ça.

– Ce serait merveilleux de donner un bal, murmura-t-elle.

– Pas si les invités sont tous aussi décatis que ceux de ce soir ! lança-t-il en regardant les convives d'un air farouche.

– Je suis certaine, Sire, que vous avez beaucoup de jeunes amis qui, comme moi, aimeraient danser.

– En effet, mais n'allez pas croire que je pourrais les inviter ici ! Oh, non ! Mes amis ne sont pas assez distingués pour l'oncle Sandor !

Zosina soupira. Voilà qu'il repartait sur son sujet favori : son aversion pour l'autorité en général et celle de son oncle en particulier. Elle se tut, ne sachant que dire. Il proposa enfin :

– S'il vous plaît de danser et de rencontrer mes amis, pourquoi ne pas m'accompagner cette nuit ?

– Vous... vous accompagner ? Mais où ?

– Au bal masqué !

Surprise, elle le dévisagea.

– Au bal masqué ? Il a donc lieu ce soir ?

Le roi hocha la tête et ajouta avec une subite gaieté :

– Ce sera très différent de ce banquet ! Quand j'en aurai fini avec toutes ces solennités, j'irai retrouver mes amis là-bas ! Viendrez-vous ou avez-vous trop peur pour faire... l'école buissonnière ?

– Que me suggérez-vous ?

– Il vous faudra sortir du palais en cachette dès que tout le monde sera couché, répondit le roi. C'est ce que je fais toujours.

– Et vous m'emmènerez au bal masqué ?

– Oui, si vous avez le courage de me suivre !

Zosina n'avait jamais reculé devant un défi, même quand il lui avait fallu grimper sur les toits sous les yeux de ses sœurs. Elle en avait encore des sueurs froides. Elle détestait qu'on puisse croire qu'elle avait peur.

Cette fois, cependant, la situation était périlleuse et différente. La Reine mère entrerait en fureur si elle découvrait que sa petite-fille avait quitté le palais sans chaperon. Mais elle avait là l'occasion inespérée de prouver au roi qu'elle voulait être de son côté et non contre lui, qu'elle le comprenait et non qu'elle voulait son malheur.

Un petit rictus cynique déforma les lèvres du roi et Zosina vit qu'il la jugeait trop craintive et trop conformiste pour accepter pareille invitation. Elle le soupçonna alors d'avoir fait cette proposition par pure bravade, pour le seul plaisir du scandale.

Prenant son courage à deux mains, elle déclara :

– Je viens ! Bien sûr, il faudra vous assurer que nous ne serons pas découverts... Cela mettrait ma grand-mère dans une telle colère ! Et le régent aussi, j'en suis sûre.

Le roi éclata de rire.

– Moi aussi ! Mais rassurez-vous, il n'a pas la

moindre idée de ce que je fais derrière son dos.

– Vous êtes-vous déjà permis ce genre de fugue ?

– Des douzaines de fois, se vanta le roi. Et personne ne m'a encore pris sur le fait !

Elle eut un petit frisson à la pensée que, ce soir, ce pourrait être la première fois, mais elle dit :

– Vous êtes très courageux ! Imaginez que l'on vous reconnaisse ?

– Aucun danger, répliqua-t-il. Nous porterons des masques.

– Comment pourrai-je m'en procurer un ? s'inquiéta Zosina.

– Si vous avez assez de cran pour m'accompagner, j'en fais mon affaire.

C'était aborder le problème sous son aspect le plus vulgaire, mais cette incartade n'était qu'un échantillon des performances qu'elle devrait accomplir pour mériter la confiance du roi.

– Je viendrai ! assura-t-elle avec un petit tremblement dans la voix. Mais, je vous en prie... promettez-moi d'être très prudent et de prendre toutes les précautions nécessaires pour que personne ne nous reconnaisse.

– Si vous suivez mes consignes à la lettre, affirma-t-il, il n'y a aucun risque. Mais n'allez pas pousser des hauts cris si le bal n'est pas celui que vous attendiez et si vous n'aimez pas vous retrouver hors de votre cage dorée !

Voilà qu'il recommençait ses sarcasmes, mais Zosina était persuadée qu'il était ravi qu'elle ait accepté. Elle comprit pourquoi il en tirait tant de plaisir quand il lui confia :

– Oncle Sandor croit avoir tout prévu pendant votre séjour, jusqu'au moindre détail ! Eh bien, vous voyez ? Il se trompe !

– Vous n'allez pas le lui dire après coup ? demanda Zosina avec inquiétude.

– Pour subir un de ses interminables sermons ? s'écria le roi. Je ne suis pas si bête ! Mais je serai fier comme Artaban d'avoir été plus malin que lui !

L'autorité de son oncle était pour lui une obsession…

– Vous me donnerez plus de détails dans un moment, lui dit-elle. Je crois qu'il est temps pour moi de converser un peu avec le régent.

– Je m'occupe de tout, promit le roi.

Elle se tourna vers le prince Sandor et comprit qu'il n'attendait qu'un signe pour lui parler.

– Demain, j'aimerais vous emmener visiter un couvent perché dans les montagnes. Vous pourrez y admirer des tableaux que je trouve très beaux. Ils sont l'œuvre d'une religieuse de cette vénérable institution.

– Je serai ravie de les voir, assura Zosina.

– Il y a dans ce couvent un grand nombre de femmes très intelligentes et pleines de talent, poursuivit-il, et l'une d'elles est une remarquable poétesse. J'ai fait relier ses œuvres et je vais en faire déposer un exemplaire dans votre chambre. Avant de vous endormir, ce soir, peut-être en lirez-vous quelques pages ? Je suis convaincu que vous les aimerez.

– C'est très aimable à vous ! Vous savez combien j'apprécie la poésie…

– Oui, les poètes parviennent souvent à exprimer l'inexprimable, fit-il observer. Un jour, peut-être… quelqu'un écrira-t-il des vers pour vous ?

Zosina avait l'étrange impression qu'il allait ajouter : « C'est moi qui composerai ce poème. » Chassant cette pensée, elle parcourut du regard les invités autour des tables croulant sous les fleurs.

– *Les lampes illuminaient jolies femmes et preux… Et mille cœurs battaient à l'unisson, joyeux,* murmura alors le régent.

– Lord Byron ! s'exclama-t-elle dans un éclat de rire avant de poursuivre sa citation : *Et quand... enfin vinrent les violons aux accents langoureux... En s'entre-regardant on se fit les doux yeux... Comme... comme on fait en dansant aux mariages heureux.*

Comprenant son embarras, il s'empressa de dire :

– Je vois que vous êtes très cultivée.

– J'aimerais, répliqua-t-elle, mais comme il m'a toujours fallu choisir moi-même mes lectures, je me dis souvent qu'il doit y avoir des lacunes impardonnables dans mes connaissances, et je ne doute pas qu'un vrai lettré jugerait lamentable l'instruction que j'ai reçue.

– Je crois que ce que l'on apprend de sa propre initiative, par soif de connaissance, est beaucoup plus important que tout ce que pourrait nous proposer un précepteur.

– Voilà une idée réconfortante mais, à mes yeux, rien n'est plus grisant que d'être à même de mesurer que le savoir est infini, qu'il sera à jamais impossible d'en entrevoir les limites.

– Vous avez donc l'intention d'apprendre jusqu'à la fin de vos jours ?

– Tout comme vous, j'en suis certaine.

– Qu'est-ce qui vous fait penser cela ?

– J'ai l'impression que vous vivez les yeux fixés sur l'horizon, mais vous savez qu'au fur et à mesure que vous vous en rapprochez vous découvrez toujours de nouveaux paysages à l'infini. Vous me rappelez l'Ulysse de Tennyson qui se languissait de *ce monde inexploré dont le contour s'efface... Pour toujours, pour toujours, quand mon pied se déplace.*

Pourquoi ces vers lui venaient-ils à l'esprit tout à coup ? Elle n'aurait su l'expliquer sinon par la confiance spontanée que le prince Sandor lui avait inspirée dès le premier instant.

– Ce que vous dites est vrai, reconnut-il après un bref silence. Mais jusqu'ici, jamais personne ne s'en était aperçu.

– Je suis ravie d'être la première, déclara-t-elle avec naturel.

Ensuite, comme ses yeux rencontraient les siens, elle eut la certitude qu'elle avait encore bien plus à découvrir en lui. Il lui semblait avoir ouvert un livre passionnant. Un livre familier...

L'idée la frappa soudain que si elle pouvait avoir de longues conversations avec lui, il serait en mesure de l'éclairer sur bien des sujets qu'elle brûlait d'approfondir ou qui, tout simplement, l'intriguaient. Cet homme était un véritable puits de sagesse, elle le pressentait.

Mais il existait autre chose entre eux, et plus troublant – une réelle communion de pensée, car elle aussi scrutait l'horizon...

Elle songeait à tout cela quand la voix du roi interrompit sa rêverie.

– Il serait temps que vous vous occupiez un peu de moi !

– Je vous prie de m'excuser, Sire, lança-t-elle d'un ton vif. Je vous croyais en conversation avec la Reine mère.

– Elle passe son temps à me dire ce que je dois faire et ce que je ne dois pas faire... répliqua-t-il avec lassitude.

Zosina réprima une envie de rire : à nouveau, il avait l'air d'un insupportable garnement traqué par des adultes raisonnables.

– Je me suis occupé de tout, lui dit-il soudain à voix basse. Quand vous aurez pris congé pour la nuit, retirez-vous dans votre chambre mais ne vous déshabillez pas.

– Que vais-je dire à ma femme de chambre ?

– Trouvez le moyen de vous débarrasser d'elle, ou alors... Après tout, vous feriez peut-être mieux de vous changer, décida-t-il en regardant la toilette de Zosina. Mettez quelque chose de moins fragile, en tout cas une robe sans traîne. Mieux vaut ne pas nous faire remarquer...

– Vous avez raison.

– Ensuite, vous attendrez quelques coups discrets frappés à votre porte. Ce sera un de mes aides de camp. Vous pouvez avoir toute confiance en lui. C'est un homme sympathique qui ne me trahira pas. D'ailleurs, dès que j'en aurai le pouvoir, je lui donnerai une position importante à la cour.

Zosina hocha la tête et le roi poursuivit :

– Il vous conduira jusqu'à moi et nous quitterons le palais à l'insu de tous.

– Comment ferons-nous ? s'inquiéta-t-elle.

Elle pensait aux sentinelles postées aux différentes issues du palais, du moins à toutes celles qu'elle avait empruntées jusqu'ici.

– Vous verrez bien, répondit-il.

Il dit cela d'un ton satisfait qui montrait combien il était heureux qu'elle ait accepté de l'accompagner. Si l'aventure tourne mal, ce sera là ma seule excuse, songea-t-elle. Si le régent venait à apprendre cette escapade, il serait très déçu. Mais Zosina n'avait pas le choix : l'avenir de leurs deux pays dépendait des rapports amicaux qu'elle saurait établir avec le roi. C'était le moment ou jamais de se souvenir que, parfois, la fin justifie les moyens.

Si je refuse cette fois-ci, conclut-elle, il ne m'invitera peut-être plus jamais à sortir avec lui et, à nouveau, ce sera la haine, les querelles... La haine ? Oui – du moins de la part du roi...

L'interminable banquet prit fin et le moment des discours arriva. Le Premier ministre prit la parole le premier, faisant le panégyrique de la Reine mère et de Zosina. Le régent lui succéda et fut tout à la fois sincère et émouvant, spirituel et amusant. Puis le grand chancelier parla d'une voix monotone pendant quinze minutes qui parurent une éternité.

Tout au long de ce dernier discours, Zosina remarqua que le roi bougeait sans cesse dans son fauteuil. D'un geste discret de la main, il ordonnait que l'on remplisse encore et encore son verre.

Il est jeune et toutes ces phrases l'assomment, se dit-elle. En vérité, elle se sentait plus âgée et plus mûre que ce jeune homme qui avait presque trois ans de plus qu'elle.

D'autres discours suivirent qui tous, sans exception, auraient gagné à être plus brefs.

Enfin, tandis que les applaudissements crépitaient, la Reine mère se leva. Le silence se fit et, de sa voix mélodieuse, s'exprimant avec cette clarté et cette diction élégante que ses petites-filles admiraient tant, elle remercia l'assemblée pour l'accueil reçu en Dorsie. Sa petite-fille et elle-même avaient été très impressionnées par ce qu'elles avaient pu voir ainsi que par les personnes remarquables qu'il leur avait été donné de rencontrer.

– Nous n'en sommes qu'à la moitié de notre séjour, conclut-elle, et je ne saurais vous dire avec quelle impatience j'attends, tout comme la princesse Zosina, les splendeurs que nous découvrirons demain. Et notre impatience à rencontrer les membres du Parlement, après-demain, est plus grande encore.

Zosina comprit que cette dernière phrase était une allusion directe à l'annonce officielle de ses fiançailles avec le roi. D'ailleurs, à cet instant, tous les regards convergèrent vers elle. Elle rougit et se tourna vers le roi.

Loin de cacher qu'il s'ennuyait mortellement et que toutes ces histoires le laissaient indifférent, celui-ci était renversé dans son fauteuil, l'œil morne. Et Zosina s'aperçut que l'allusion de la

Reine mère lui avait échappé. Elle eut envie de lui donner un petit coup de coude pour lui rappeler qu'il devait sourire et paraître ravi de la perspective de ses fiançailles, mais elle n'en fit rien, convaincue qu'il prendrait son geste pour un acte d'autorité. Elle se contenta de sourire, en apparence radieuse, enchantée de ce qui l'attendait.

Lorsque la Reine mère eut terminé, tous les convives se levèrent pour applaudir avec frénésie et crier des hourras.

– Dieu merci, c'est fini ! soupira le roi.

Il avala ce qui restait de vin dans son verre puis se leva pour marquer que la fête était finie. Quand ils eurent quitté la salle des banquets, la Reine mère dit au roi :

– Merveilleuse soirée, Gyorgy ! Je ne sais comment vous remercier pour ce festin en notre honneur. Les mets étaient divins et j'ai apprécié chaque instant de la soirée. Mais je dois avouer que je me sens un peu lasse, à présent. Je crois, Zosina, que nous devrions regagner nos appartements. La journée de demain sera longue...

Tout le monde se souhaita une bonne nuit et, comme Zosina lui faisait la révérence, le roi lui chuchota :

– Tenez-vous prête !

Elle hocha imperceptiblement la tête.

Cependant, lorsqu'elle fut seule dans sa chambre, elle s'affola. Avait-elle perdu la tête pour envisager de sortir du palais à minuit passé ? Katalin elle-même ne l'aurait pas approuvée. Sa mère suffoquerait d'indignation si jamais elle l'apprenait, et sa grand-mère serait aussi étonnée que mécontente. Mais si elle refusait, elle risquait d'éloigner le roi à tout jamais.

Zosina se répétait tous ces arguments contradictoires, elle était si nerveuse et angoissée qu'elle avait une envie folle, presque désespérée, de faire dire au roi qu'elle avait changé d'avis et qu'elle ne sortait pas.

Sa femme de chambre – venue avec elle du Lützelstein – bâillait en cachette, fatiguée.

– Les horaires sont plus convenables au palais de votre père, Votre Altesse, fit-elle remarquer tout en aidant Zosina à retirer sa robe.

– Vous devez être épuisée, Gisela. Je le comprends, répondit Zosina. Allez dormir. Je m'arrangerai seule.

– Je dois faire mon devoir, Votre Altesse !

– Ce n'est pas nécessaire. D'ailleurs, je dois écrire à mon père. Je veux pouvoir remettre ma lettre à notre ambassadeur assez tôt demain matin pour qu'il puisse l'expédier par la valise diplomatique. Vous pouvez vous retirer la conscience tranquille. Et puis, vous savez que, d'habitude, je me mets au lit sans aide !

– C'est bien, Votre Altesse. Je vais suivre votre conseil, dit Gisela. Je mentirais en disant que ces longues veilles ne me fatiguent pas.

– Vous avez été héroïque ! Quand je pense au nombre de toilettes que vous m'avez aidée à passer depuis mon arrivée ici ! Et vous avez réussi à vous occuper de tout. Allez vous reposer, vous l'avez bien mérité. Bonne nuit, Gisela.

– Bonne nuit, Votre Altesse.

La femme de chambre quitta la pièce et Zosina poussa un soupir de soulagement. Cela avait été plus facile qu'elle ne l'aurait cru.

Elle choisit une robe du soir toute simple et réussit à l'agrafer toute seule.

Au Lützelstein, Gisela était trop occupée pour leur consacrer beaucoup de temps à chacune, aussi les quatre sœurs avaient-elles l'habitude de s'aider mutuellement et, une fois de plus, Zosina songea qu'elle aurait donné n'importe quoi pour avoir Katalin auprès d'elle. Enfin prête, elle s'assit dans un fauteuil et attendit.

Le temps s'écoulait si lentement qu'elle en vint à se demander si le roi n'était pas en train de lui jouer un mauvais tour et s'il avait jamais eu l'intention de l'emmener où que ce soit. Puis elle imagina ce qui arriverait si on les surprenait… Des soldats les ramèneraient au palais, et elle aurait de si terribles ennuis – outre la honte – qu'elle n'osait y songer. Le pire serait d'affronter le régent…

Comme il était intelligent ce prince Sandor et comme elle aimait parler avec lui ! Bien sûr, elle aimait aussi danser… mais elle ne pouvait s'empêcher de penser qu'elle aurait préféré lire des poèmes avec le régent et mobiliser pour lui toutes les ressources de son esprit, plutôt que d'aller à un bal masqué. Elle voulait lui parler de deux ouvrages de littérature. Les avait-il lus ? Et dans ce cas, quelle était son opinion à leur sujet ? Serait-il scandalisé d'apprendre qu'elle connaissait le dernier roman de Gustave Flaubert ? Aimait-il ce livre ? Elle se demandait tout cela quand on frappa doucement à sa porte.

Elle sursauta. Les coups avaient été si faibles qu'elle se demanda si elle n'avait pas rêvé. Puis elle se leva, se dirigea vers la porte, tourna la poignée dorée et entrouvrit le battant.

Zosina reconnut tout de suite l'homme qui était là, debout devant elle – c'était l'un des aides de camp qui avaient accompagné le roi lors de leur visite à l'hôtel de ville. Ce jour-là, elle l'avait remarqué car il était plus jeune que les autres. Il l'avait dévisagée d'une façon presque impertinente, et pas du tout aussi respectueuse qu'il eût fallu. Il souriait et se contenta de hocher la tête sans dire un mot pour inviter Zosina à sortir dans le couloir.

Sans un geste pour refermer la porte, il partit au pas de course. Il comptait qu'elle le suive. Ce qu'elle fit, courant derrière lui.

Il n'y avait personne et la plupart des lampes étaient éteintes, mais l'aide de camp rasait les murs et restait dans l'ombre quand c'était possible. Ils se retrouvèrent dans une aile du palais où Zosina n'était jamais venue. Elle supposa qu'ils se dirigeaient vers les appartements privés du roi. L'homme s'engagea alors dans un escalier de service.

Ils descendirent jusqu'à un étroit passage très peu éclairé, puis ils passèrent devant les portes closes de pièces que l'on sentait inoccupées et descendirent un autre escalier sans qu'il ralentisse son allure. Cette fois, il allait au sous-sol.

Ils arrivèrent enfin dans les caves du palais où, à la lumière vacillante de deux chandelles, le roi les attendait.

– Vous avez mis une éternité ! se plaignit-il.

– Je suis venu aussi vite que j'ai pu, Sire, répondit l'aide de camp.

– Je croyais que vous alliez me faire faux bond, avoua le roi à Zosina.

– Quelle idée ! Bien sûr que non !

– Eh bien, mettez ceci, nous partons, déclara-t-il en lui tendant un vêtement.

Étonnée, elle découvrit que c'était un domino.

Elle n'en avait vu que dans des tableaux représentant des scènes du carnaval de Venise, cette ville où, chaque année, pendant toute une semaine, la population déambulait, incognito, en dominos et masques, jouissant ainsi d'une liberté impensable le reste de l'année.

Zosina avait remarqué que le roi portait déjà le sien, encore qu'il n'en eût pas rabattu le capuchon sur sa tête. L'aide de camp se dépêcha d'en passer un, lui aussi.

– Comme c'est excitant ! s'écria-t-elle. Voulez-vous m'aider ? Je ne sais comment cela se met.

– Ce n'est pourtant pas difficile ! lança le roi d'un ton méprisant. Et voici votre masque. Autal vous en a déniché un bordé de dentelle qui dissimule mieux le visage.

Comprenant qu'Autal était le nom de l'aide de camp, Zosina jeta à celui-ci un regard de reconnaissance et découvrit alors que sous son domino et son masque, il était méconnaissable. Curieusement, cela la rassura et ses craintes commencèrent à se dissiper.

Elle mit son masque et, imitant le roi, rabattit le capuchon du costume sur sa tête. Désormais, il était impossible de soupçonner leur véritable identité.

– Allons-y ! lança le roi.

Il partit en tête, suivi de Zosina, tandis qu'Autal fermait la marche. Ils allèrent jusqu'à une porte qui donnait sur un escalier.

D'une main, Zosina souleva le bas de sa robe et tendit l'autre vers le roi.

– Pourriez-vous m'aider, je vous prie ? implora-t-elle.

Il lui prit la main sans la regarder et l'entraîna brutalement jusqu'en haut des marches où ils se retrouvèrent à l'air libre.

Dissimulée derrière un bouquet d'arbres, une voiture attendait.

Sans s'occuper de Zosina, le roi y grimpa le premier et elle le suivit, prenant place à côté de lui sur la banquette arrière, pendant que l'aide de camp s'installait en face. Aussitôt, les deux chevaux se mirent en marche. Le roi se renversa sur son siège et éclata de rire.

– Alors ? Vous voyez que je peux quitter le palais sans qu'on s'en aperçoive !

– Emprunter le chemin des caves est très astucieux de votre part, Sire, assura-t-elle.

– Ne m'appelez plus « Sire ». Plus de courbettes ! répliqua-t-il. Pour mes amis, je suis Gyo. Veillez à ne pas l'oublier !

– J'essaierai, promit-elle.

– Lui, c'est Autal, ajouta-t-il en désignant de la main son aide de camp. Quant à vous, il va falloir vous rebaptiser. Zosina est un nom trop peu courant en Dorsie pour ne pas éveiller les soupçons.

– Magda est un autre de mes prénoms... suggéra-t-elle.

– Ça ira, dit-il sans enthousiasme. Non ! Magi est beaucoup mieux, moins pompeux... Magi, c'est parfait !

Zosina trouvait cela commun mais, après tout, l'essentiel était de ne pas contrarier le roi.

– Fort bien, dit-elle. Je m'appellerai Magi ! Allons-nous rencontrer beaucoup de monde ?

– Tous mes amis ! Ils doivent d'ailleurs se demander ce qui a pu m'arriver. J'ai cru que tous ces raseurs n'en finiraient jamais de pérorer ! Je peux vous promettre une chose, c'est que je suis décidé à faire interdire les discours, quels qu'ils soient !

– Vous avez raison, approuva Autal. Vous pourriez même faire une loi stipulant que quiconque en ferait un serait exilé pendant un an !

– Excellente idée ! s'exclama le roi.

– Mais vous serez obligé d'autoriser les discours au Parlement, dit Zosina.

– Tant que je n'ai pas à les subir, les orateurs peuvent parler jusqu'à en avoir la pépie ! s'écria le roi.

Mais Zosina ne l'écoutait plus. Ils avaient quitté l'enceinte du palais et roulaient dans les rues animées de la ville, les artères les plus importantes étant éclairées par des réverbères à gaz.

Malgré l'heure tardive, la ville grouillait de gens déguisés en costumes fantaisistes qui se lançaient des serpentins colorés.

– Quelle atmosphère de fête ! s'exclama Zosina. C'est merveilleux !

– Attendez ! répliqua le roi. Ce sera encore bien mieux là où nous allons !

Une soudaine explosion la fit sursauter et un feu d'artifice jaillit sur le fond noir du ciel.

– Comme c'est joli ! s'écria-t-elle à la vue de la multitude d'étoiles filantes qui retombaient à terre.

Le roi ne dit rien et elle remarqua avec étonnement que l'aide de camp tenait d'une main une bouteille de vin dont il remplissait, en ce moment même, un verre qu'il avait dans son autre main.

– Autal, vous êtes un génie ! déclara le roi. J'étais en train de me dire que je commençais à avoir soif à force de vous avoir attendus dans ces chais où tout est sous clé !

– Nous n'avons plus bien longtemps à attendre avant de voir ce qui est caché là-dedans, répliqua Autal.

– Certes non ! Je parie que mon diable d'oncle garde les meilleurs vins pour lui ! Je sais qu'il a fait cacher des pièces de Tokay quelque part.

– Peut-être les sortira-t-il pour fêter vos vingt et un ans ? dit l'aide de camp avec un petit sourire narquois.

– Fêter ? répéta le roi en éclatant de rire. Ce jour-là sera celui de son départ... il serait étonnant qu'il le fête !

– Eh bien, nous boirons à son départ, affirma Autal, et bon débarras !

Le roi leva son verre.

– Adieu, oncle Sandor ! ironisa-t-il. Et au plaisir de ne jamais vous revoir !

L'aide de camp se mit à rire. Zosina ne dit rien, choquée par la conduite de « Gyo » qui n'était décidément pas digne d'un roi. Autal le poussait sur le chemin de la rébellion. Le régent avait-il choisi cet aide de camp parce qu'il était du même âge que le roi ?

Celui-ci vida son verre et demanda à Zosina d'un ton brusque :

– Voulez-vous boire ?

– Non, je vous remercie, répondit-elle. Je n'ai pas soif.

– Vous n'avez pas besoin d'avoir soif pour boire, dit Autal. Allons, Magi, prenez une gorgée de mon verre. Ça vous mettra dans l'ambiance !

Zosina se raidit. Comment osait-il s'adresser à elle sur ce ton si familier ? Il est vrai qu'à cet instant tous trois circulaient incognito : elle n'était plus princesse ni future reine, mais Magi... une jeune fille de mœurs assez libres pour accepter de sortir après minuit avec deux jeunes gens pour toute escorte. Sans attendre sa réponse, Autal lui avait mis son propre verre en main. Elle ne pouvait refuser de s'exécuter sans laisser voir au roi sa répugnance. Aussi avala-t-elle une gorgée de vin.

– Voilà qui est mieux ! approuva Autal comme elle lui rendait le verre.

Sur ce, le portant à ses lèvres, il le vida.

– Nous voici presque arrivés, annonça le roi, et si Lakatos s'en est occupé, il y aura à boire à volonté !

– S'il nous attend toujours, répliqua Autal.

– Il sait que je ne veux pas rater cette soirée.

Zosina eut l'impression que le roi avait du mal à articuler. Était-ce possible ?

La voiture s'immobilisa bientôt et Autal jeta la bouteille vide. Le roi descendit le premier.

Dehors, la foule s'agitait aux accents d'une musique qui faisait un véritable vacarme.

5

Il y avait de la fièvre dans l'air !

La majorité des gens qui déambulaient dans les rues étaient des paysans, éberlués par ce qu'ils voyaient. Mais il y avait aussi bon nombre de silhouettes anonymes, portant masque et domino, qui se bousculaient devant une vaste entrée illuminée par des douzaines de globes et pavoisée de banderoles et de drapeaux.

Inquiète, Zosina se rapprocha du roi qui jouait des coudes pour se frayer un passage vers la porte de ce qui devait être, elle le devina, une brasserie. Sans y avoir jamais mis les pieds, elle savait que ce genre d'endroit existait aussi au Lützelstein. Elle avait entendu dire qu'on y donnait souvent des numéros de danse et des spectacles.

Ils finirent par entrer et se retrouvèrent dans une sorte de vestibule où beaucoup de personnes semblaient attendre leurs amis. L'endroit était fort bruyant et les voix étaient couvertes par la musique assourdissante d'un orchestre qu'on ne voyait pas encore.

– Gyo ! Gyo ! Voilà Gyo ! cria-t-on soudain.

Un instant plus tard, plusieurs jeunes gens se précipitaient vers eux, serrant la main du roi avec chaleur et lui donnant de petites tapes dans le dos.

– Nous avions presque renoncé à te voir arriver, avouèrent-ils. Viens, Gyo, tout le monde est là !

Zosina les suivit jusque dans une vaste loge. Là, elle fut soulagée de pouvoir observer la foule massée sur la piste, juste au-dessous, avant de se mêler aux danseurs. Elle se tourna vers les jeunes gens qui les avaient si joyeusement accueillis et constata qu'ils avaient presque tous ôté leur masque, le laissant pendre autour de leur cou. Tous étaient très jeunes et ils n'avaient rien des gentlemen qu'elle s'était attendue à rencontrer autour du roi.

– Gyo ! Gyo ! criaient-ils. Enfin, te voilà ! Nous ne t'attendions plus !

– Rien n'aurait pu m'empêcher d'être présent ici ce soir, répondit le roi.

– Prends un verre ! Lakatos a apporté du champagne ! Qu'est-ce que tu penses de ça ?

– Je parie que vous avez déjà plusieurs bouteilles d'avance sur moi ! Mais je vous aurai vite rattrapés, vous allez voir !

Quelqu'un lui tendit un verre plein qu'il vida d'un trait.

– Donnez un verre à Autal et servez Magi ! s'écria-t-il. Elle est avec moi !

Et il désigna de la main Zosina qui découvrait des femmes avec stupéfaction. Jusque-là, elles étaient penchées par-dessus la balustrade de la loge et interpellaient les danseurs sur la piste. Elles venaient maintenant vers le roi avec des cris de joie tout à fait déplacés. Si Zosina n'avait jamais fréquenté de sa vie des hommes tels que ceux qui étaient ici, son vocabulaire était défaillant pour qualifier ces femmes. Presque toutes avaient retiré leur masque et leurs cils lourds de mascara offraient un contraste saisissant avec le jaune d'or ou le roux flamboyant de leurs cheveux teints. Avec leurs lèvres très rouges et leurs visages outrageusement fardés et poudrés, elles ressemblaient à ces poupées hollandaises que Katalin avait tant aimées quelques années plus tôt. La plupart d'entre elles n'avaient pas fermé leur domino jusqu'au cou, et leurs profonds décolletés révélaient leurs seins de manière si impudique que Zosina, embarrassée, était obligée de regarder ailleurs.

– Gyo ! Enfin, tu es là ! On n'y croyait plus ! Mais qu'est-ce que tu faisais, dis ? hurlaient-elles toutes ensemble de leurs voix perçantes et vulgaires.

Et elles embrassaient le roi et Autal, leur barbouillant de rouge le visage et les lèvres.

Pétrifiée, Zosina restait à l'écart quand un homme, une bouteille de champagne à la main, s'approcha d'elle et s'écria d'un ton aviné :

– Prends un verre, Magi ! On jurerait que tu n'as rien bu de la soirée. Faut pas ! Tu as tort, tu sais !

Trop terrorisée pour refuser, elle prit le verre qu'il lui tendait et attendit qu'il l'ait rempli.

– Maintenant, amuse-toi ! fit-il. De quoi tu as l'air, toi, derrière ton masque ? Hein ?

Il allait le lui arracher mais elle s'écarta et comme il s'apprêtait à insister, croyant à un jeu, le roi hurla :

– Hé, Lakatos, je meurs de soif ! Il n'y a donc déjà plus rien à boire ?

– Tu n'as pas à t'en faire pour ça, Gyo ! répondit Lakatos. J'ai assez de liquide pour pouvoir faire flotter un cuirassé !

– On en aura besoin ! lança une blonde qui tenait le roi par le cou. Tant qu'il n'est pas plein comme un œuf, il n'est pas drôle ! Pas vrai, mon chou ?

Tout en parlant elle embrassait le roi mais celui-ci semblait plus préoccupé de faire remplir son verre que d'apprécier ses faveurs.

Soucieuse de ne plus attirer l'attention de Lakatos, Zosina s'avança jusqu'à la balustrade de la loge. De là, elle pouvait contempler la salle qui offrait un spectacle comme elle n'en avait jamais vu.

À une extrémité de cette immense pièce, l'orchestre comptait une centaine de musiciens et, à l'autre, s'étendait un long comptoir derrière lequel des serveuses en costume national remplissaient de bière des chopes en porcelaine qu'on faisait passer par-dessus les têtes. Les clients attendaient d'être servis sur pas moins de six rangs.

Sur la piste, les danseurs tournoyaient frénétiquement ou évoluaient enlacés d'une façon que Zosina jugeait très inconvenante. Des ivrognes, avec ou sans partenaire, y tournaient en rond en chancelant, finissant par tomber à terre et rester là, inconscients, dans l'indifférence générale.

Si les jeunes femmes présentes dans la loge étaient vulgaires et, à l'évidence, de mœurs plutôt légères, Zosina aperçut à l'étage supérieur des échantillons d'humanité encore bien pires. Elle frissonna d'effroi en les voyant et à la pensée qu'on pourrait apprendre qu'elle était venue ici. Mais elle devait aussi reconnaître que cet univers dont elle ignorait tout la fascinait. Et comme elle n'aurait pas une nouvelle fois l'occasion de le découvrir, elle se mit à en observer chaque détail avec une attention passionnée.

Soudain, la voix de Lakatos dit, tout près d'elle :

– Il est fini, ce verre ? Bon ! Alors, on descend ! On va danser !

Elle sursauta.

– Je crois que je ferais mieux de rester ici... avec Gyo... balbutia-t-elle.

– Ah ! mais Gyo est déjà en train de danser !

répliqua Lakatos. Allons, venez ! C'est pour danser que vous êtes venue, oui ou non ?

Il avait trop bu, cela ne faisait aucun doute, et elle avait affreusement peur qu'il ne se donne en spectacle, comme tant d'autres dans l'assistance.

– Eh bien, oui... peut-être... je...

Il l'avait déjà saisie par le poignet et l'entraînait vers la porte de la loge. Il la tirait avec une telle brutalité que le contenu de son verre se renversa. Affolée, elle chercha des yeux à qui demander de l'aide, mais le roi avait disparu. Autal aussi. Les seuls hommes encore présents dans la loge ne cessaient de boire, riant et parlant avec bruit. Elle réussit de justesse à poser son verre sur une console au fond de la loge et ne put que se laisser entraîner au rez-de-chaussée.

Dans l'escalier, Lakatos, titubant, dut se tenir à la rampe.

Ils furent bientôt dans la foule. Le vacarme était assourdissant et il y avait là une odeur de bière qui, mêlée à celle des parfums bon marché et de la sueur, était insoutenable. Il ne restait à Zosina qu'à essayer de danser avec son cavalier, ce qui était un véritable exploit car l'orchestre jouait une valse viennoise.

Sans attendre, Lakatos se mit à la faire virevolter, non pas de l'élégante manière prescrite à Zosina par son professeur de danse, mais de façon endiablée, comme s'il avait voulu la lancer en l'air. Avec ça, il zigzaguait et elle n'arrivait à garder l'équilibre qu'en s'agrippant à son bras de toutes ses forces. Ils heurtaient à tout instant d'autres couples qui hurlaient leur mécontentement, ce dont Lakatos se souciait comme d'une guigne.

Ils n'avaient pas parcouru en valsant le quart de la piste que Zosina regrettait amèrement d'avoir accepté de suivre le roi dans cette folle équipée. Le couple qu'ils heurtèrent alors n'était autre que Gyo et la femme aux cheveux blonds qui l'avait embrassé.

– On s'amuse comme des fous ! cria le roi en tournoyant autour de Zosina et Lakatos. Mais quelle chaleur !

– Comme d'habitude ! répliqua Lakatos. Il y a du champagne pour se rafraîchir !

– Tu es un brave type, Lakatos ! s'exclama le roi. Un jour, je te revaudrai ça, ne t'en fais pas !

– Je m'en souviendrai, assura Lakatos.

Et Zosina comprit que l'affection de ces fameux « amis » du roi n'avait qu'un but : servir leurs propres intérêts. C'était l'évidence. Et ils abusaient sans scrupule de sa naïveté... Ainsi, ce qui pouvait passer pour de l'enfantillage de la part du roi – venir s'encanailler dans un pareil endroit avec des gens qu'il n'aurait jamais dû fréquenter – aurait un jour des répercussions très graves sur le pays tout entier, si on n'y mettait pas un terme au plus tôt. Elle savait qu'on trouve toujours, dans l'entourage des monarques, des parasites qui se servent de la faveur dont ils jouissent pour obtenir des profits personnels, et elle se demanda combien de ces jeunes gens chahuteurs intriguaient déjà, calculant ce qu'ils pourraient soutirer au roi dès qu'il serait au pouvoir. Et il y serait le jour de son anniversaire, c'est-à-dire dans deux semaines !

Elle comprit pourquoi le régent, qui n'aurait alors plus aucune autorité sur lui, souhaitait si ardemment substituer à sa propre influence celle d'une épouse au caractère bien trempé... Et, mesurant son impuissance, elle pensa que rien ni personne ne saurait empêcher le roi de préférer des amis du genre de ceux qui l'entouraient ce soir aux courtisans qui avaient toujours fidèlement servi leur souverain et le traitaient avec le respect dû à sa position.

L'orchestre se mit à jouer un air encore plus entraînant et le roi lança à Lakatos :

– Suivez-nous ! Nous allons faire une percée jusqu'à l'autre bout de la salle !

Zosina ne comprit ce qu'il voulait dire que lorsqu'il partit avec sa compagne, dans un galop effréné, en direction du bar, fonçant droit sur l'assistance et bousculant tout le monde hors de son chemin. Lakatos hurlait aussi fort que le roi pour avertir les danseurs de leur approche.

Pour Zosina, se déplacer de façon aussi... percutante était très pénible. Son dos était tout endolori par les coups de coude des danseurs et sa main, tendue en avant, prisonnière de celle de Lakatos, recevait tous les chocs de ceux qu'ils croisaient dans leur course folle. Elle n'était pas sûre de s'en tirer sans accident...

– Arrêtez !... Arrêtez !... Vous allez... vous allez trop vite ! cria-t-elle.

Mais Lakatos ne l'entendit pas et ils finirent par rejoindre le roi, arrêté par le mur que formait la foule devant le comptoir en attendant d'être servie.

– Une bière ! Voilà ce qu'il me faut ! s'écria la cavalière du roi. Une bière ! Tout cet exercice m'a donné soif !

– Et tu en auras une ! lui assura-t-il. Suis-moi, Lakatos !

Il se tournait vers le bar quand plusieurs de ceux qui étaient restés dans la loge arrivèrent à leur tour.

– Qu'est-ce que tu fais là, Gyo ? s'écria l'un d'eux. Le champagne t'attend, là-haut !

– Kata veut une bière, expliqua le roi. Et moi aussi !

– Et nous aussi ! hurlèrent les autres. De la bière ! De la bière ! Et fais en sorte que nous soyons servis les premiers, Gyo !

– Nous allons arranger ça, promit le roi. Allez, mes braves ! Faites-moi un passage !

Tous s'empressèrent de former le carré autour du roi, et ils se lancèrent à l'assaut du comptoir en expulsant tous ceux qui faisaient obstacle à leur avancée. L'attaque s'opérant par l'arrière, la plupart des clients ne comprenaient ce qu'il leur arrivait qu'au moment où on les écartait brutalement, quand ils n'étaient pas délibérément jetés à terre ou assommés.

Tout se déroula si vite que Zosina cherchait encore son souffle quand les femmes atteignirent la loge en riant à gorge déployée et en scandant des encouragements aux assaillants.

– Fichez-les par terre ! Bravo ! Voilà ! Comme ça ! De la bière ! De la bière !

Mais les premiers rangs de consommateurs commençaient maintenant à se retourner, agressifs. La bagarre était imminente. En effet, un colosse leva bientôt les poings et les laissa retomber sur un des compagnons du roi. Son exemple fut vite suivi par d'autres clients.

Avant que Zosina ait eu le temps de se protéger, c'était la mêlée. La situation s'envenimait de seconde en seconde. Certains des hommes tombés à la renverse allaient s'écrouler contre d'autres qui, ignorant où était l'agresseur, ripostaient en frappant, au hasard, leur voisin le plus proche.

Bientôt, tous ces hommes se tapaient dessus sans savoir pourquoi. Ils avaient trop bu. Le vacarme était indescriptible et, pour couronner le désastre, Zosina vit l'un des amis du roi s'emparer de la chope de bière d'un client déjà servi et la lancer à toute volée en direction des longues rangées de bouteilles sur les étagères, derrière le comptoir. Il y eut un fracas retentissant aussitôt suivi des hurlements des serveuses.

Brusquement, d'autres hommes, restés jusque-là à l'écart, jetèrent à leur tour leurs chopes dans les bouteilles. Un immense miroir se brisa.

Affolées, les serveuses se bousculèrent pour courir à l'abri. Voyant le bar sans surveillance, des clients entreprirent d'enjamber le comptoir pour s'emparer des bouteilles encore intactes et l'un d'eux reçut en plein visage une chope vide qui lui taillada la joue. Le sang gicla.

La scène était effroyable. Elle se déroulait en cercle fermé car les spectateurs, figés dans l'attente, commençaient tout juste à participer à la bagarre; Zosina n'avait aucune possibilité de s'échapper.

Épouvantée, elle tremblait de tous ses membres lorsque deux bras vigoureux l'enlevèrent et l'emportèrent. Plus terrifiée encore, elle se débattit de toutes ses forces. L'homme dit d'une voix calme et rassurante :

– Ne craignez rien. Je vais vous sortir d'ici !

Elle leva les yeux et eut à peine le temps d'apercevoir un visage masqué car, à cet instant, toutes les lumières s'éteignirent.

Il y eut une clameur et des cris. Grâce aux quelques veilleuses encore allumées, l'inconnu qui portait Zosina put se frayer un chemin en direction de la piste de danse. Il y arrivait quand, parmi les hurlements de la foule, on entendit distinctement une détonation.

Aussitôt après, plusieurs coups de feu se succédèrent. L'homme reposa Zosina, tremblante, sur le sol et ouvrit une porte pour entrer avec elle dans une pièce plongée dans le noir.

Comme la porte se refermait derrière son sauveur, elle entendit encore plusieurs détonations.

– Que se passe-t-il ? chuchota-t-elle, terrifiée.

Malgré l'obscurité, elle avait tout naturellement levé son visage pour poser cette question et, de son côté, l'homme s'était penché vers elle car sa bouche se trouva tout contre celle de l'inconnu. Elle se figea dans une immobilité totale et, avant qu'elle ait eu le temps de souffler, les bras de l'homme étaient autour d'elle et ses lèvres retenaient les siennes prisonnières.

D'abord trop surprise pour réagir, il lui sembla soudain qu'un éclair traversait son corps; elle éprouva un sentiment d'extase inexprimable, inconnu d'elle. Et elle sut que c'était ce qu'elle avait toujours espéré d'un baiser.

Son ravissement était tel que l'enchantement dépassait de beaucoup ses rêves les plus fous.

L'homme la serra plus fort entre ses bras. Peu lui importait de mourir tout de suite car jamais elle ne connaîtrait une seconde fois un instant aussi merveilleux.

Elle frémit de tout son être. Ce baiser avait-il duré quelques secondes... ou quelques siècles ? Il était hors du temps.

Au moment où l'inconnu qui la serrait dans ses bras releva la tête, elle dit sans même avoir conscience de s'exprimer à haute voix :

– Je vous aime !

Mais, entendant sa voix articuler ces mots, elle sut que c'était la vérité.

C'était l'amour. C'était ce qu'elle avait imploré le Ciel de lui accorder dans ses prières. Et c'était arrivé, au moment où elle s'y attendait le moins, alors qu'elle était si effrayée et que tout son corps tremblait.

Elle frémissait encore mais ce n'était plus de frayeur. C'était d'émoi émerveillé. Et elle répéta encore et encore :

– Je vous aime ! Je vous aime !

Il gardait le silence mais, comme il la serrait contre lui, elle pouvait sentir son cœur d'homme battre aussi follement que le sien.

Puis, sans crier gare, il s'arracha à elle et elle poussa un petit cri avant de s'écrier, suppliante :

– Ne me quittez pas !

– Ne bougez pas. Il faut trouver le moyen de sortir d'ici.

Docile, elle demeura immobile pendant qu'il cherchait un chemin dans les ténèbres. Au bout d'un assez long moment, une porte s'ouvrit à l'autre extrémité de cette pièce qui devait être un salon particulier.

Un bruit terrible leur parvint, venant de la grande salle de la brasserie. Tout à coup, un peu de lumière filtra par la porte et Zosina aperçut la tête et les épaules du régent se découpant dans l'embrasure. La laissant grande ouverte, il revint vers elle.

– Nous pouvons sortir par là !

D'un bras, il lui entoura les épaules et elle tressaillit à son contact. Il l'entraîna et ils se retrouvèrent bientôt dans un étroit corridor éclairé par un seul bec de gaz. Zosina put remarquer que les murs, au lieu d'être bariolés de couleurs criardes, comme le reste de la brasserie, étaient sales et suintaient la misère.

Comme ils suivaient ce long corridor, cris et hurlements ne cessèrent pas une seconde. Et, par-dessus le vacarme, quelques détonations espacées se faisaient encore entendre.

Ils arrivèrent enfin à une porte fermée par des verrous qu'il poussa, et ils sortirent à l'air libre.

Plus d'éclairage au gaz ici, mais le clair de lune. Ils se trouvaient dans une cour jonchée d'immondices et de bouteilles vides, encombrée d'un gigantesque amoncellement de futailles en bois. Ils franchirent un portail de fer pour accéder à une route qui longeait un terrain vague couvert de broussailles.

Le prince Sandor scruta la pénombre. Une voiture fermée stationnait tout près. Quelques secondes plus tard, il aidait Zosina à y monter et s'y installait à son tour.

Zosina fit glisser le capuchon de son domino

et retira son masque. Le régent l'imita et s'exclama d'une voix qu'elle reconnut à peine :

– Pardonnez-moi ! Je ne peux que vous supplier de me pardonner !

– Mais... pourquoi ?

– Pour m'être conduit comme je viens de le faire. Veuillez accepter mes humbles excuses. Je vous supplie à genoux de me pardonner d'avoir perdu la tête...

– Vous n'avez nul besoin de... vous excuser, murmura-t-elle timidement.

Elle comprenait qu'il faisait allusion à ce baiser. C'était ce qui lui était arrivé de plus merveilleux et de plus miraculeux de toute sa vie.

– Mais si, justement ! s'obstina-t-il. Je croyais être un homme civilisé, capable de se dominer et je ne vaux pas mieux que ces brigands qui tirent partout comme des fous ainsi qu'ils en ont l'habitude chaque fois qu'ils sont excités.

– Des brigands ?

– Vous n'étiez pas en danger, affirma-t-il. Ils ne vous auraient pas fait de mal. Ils ne tirent que pour s'amuser et c'est pourquoi ils aiment provoquer des rixes.

Voilà qu'il s'exprimait à nouveau de cette voix raisonnable qu'elle lui connaissait et, sentant qu'il s'éloignait d'elle, qu'il l'abandonnait après une telle intimité, elle se tourna vers lui pour distinguer ses traits dans l'obscurité.

– Je... vous aime.

– Il ne faut pas parler ainsi.

– Est-ce mal ?

– Bien sûr. Mais je suis le seul à blâmer.

– Je sais... que je vous ai aimé dès l'instant où je vous ai vu... à mon arrivée dans votre pays. Il me semble qu'il y a si longtemps que j'ai envie de vous parler, de vous écouter...

Il émit une sorte de soupir, presque un sanglot, avant de répéter :

– Il ne faut pas parler ainsi. Il ne faut pas me torturer.

– Pourquoi ? Pourquoi ?

– Vous connaissez la réponse aussi bien que moi et ma seule excuse est qu'en apprenant votre disparition, cette nuit, j'ai cru devenir fou d'inquiétude à l'idée qu'il pouvait vous arriver quelque chose.

– C'était terrifiant jusqu'à votre arrivée.

– Comment avez-vous pu être assez déraisonnable pour laisser le roi vous entraîner dans une pareille aventure ?

– J'ai pensé que c'était le seul moyen de gagner sa confiance... comme vous le souhaitiez.

– Vous pensiez donc à moi ?

– Je voulais vous être agréable, avoua-t-elle avec simplicité.

Bien qu'elle ne pût le distinguer qu'aux instants où ils passaient devant un réverbère, elle savait qu'il se tordait les mains.

Comme il ne disait mot, elle reprit :

– Vous m'avez embrassée et c'est ce qui m'est arrivé de plus merveilleux dans ma vie. Cela ne voulait-il rien dire pour vous ?

– Je ne répondrai pas à cette question. Je n'ose pas. Oh, cher ange, ceci n'aurait jamais dû arriver.

– Vous regrettez de m'avoir embrassée ?

– Je ne le regrette pas mais j'ai honte.

– De... de moi ?

– Non, bien sûr que non. De moi-même.

– Il n'y a pas de raison.

– Bien au contraire, il y a toutes les raisons du monde.

Après un silence, elle demanda d'une voix presque inaudible :

– Maintenant que je vous aime... dois-je toujours épouser le roi ?

– Non seulement vous devez épouser le roi,

répondit-il d'un ton ferme, mais vous devez aussi m'oublier.

– Je ne pourrai jamais ! C'est impossible ! Je sais que vous êtes... l'homme de mes rêves, celui que j'espérais avoir peut-être un jour la chance de rencontrer.

– Nous nous sommes trouvés mais il est trop tard.

– Il n'est pas trop tard ! Je n'ai pas encore épousé le roi !

– Mais vous devez le faire.

– Pourquoi, puisque je vous aime ?

– Parce que notre amour importe peu auprès de la nécessité de ce mariage pour nos deux pays.

– Notre amour ? répéta Zosina. Est-ce que... vous m'aimez un peu ?

Comme il ne répondait pas, elle insista :

– Dites-le-moi. J'ai besoin de savoir.

– Oui, oui... je vous aime ! dit-il comme si les mots s'échappaient malgré lui de ses lèvres. Vous êtes la perfection même ! Ce n'est pas seulement votre beauté qui a fait battre mon cœur dès que j'ai posé les yeux sur vous, mais votre gentillesse, votre charme, votre intelligence et, par-dessus tout, notre compréhension mutuelle.

– Voilà aussi pourquoi je vous aime ! s'écria-t-elle. Vous me comprenez comme on ne m'a jamais comprise... et comme on ne me comprendra jamais ! Je ne peux pas épouser le roi ! Vous n'imaginez pas comment il s'est conduit ce soir... Il a trop bu et ses amis...

– Je sais, l'interrompit-il.

– Vous savez ? Vous êtes au courant de ses relations ?

– Bien sûr !

– Il croit abuser tout le monde quand il quitte le palais...

– Je suis renseigné sur tous ses déplacements

et sur tous les gens qu'il fréquente. Mais je ne peux rien faire puisque dans deux semaines, il sera libre de se conduire comme il l'entendra et de voir qui il voudra.

– Et vous croyez sincèrement que je pourrai le faire changer de conduite ?

– Pas maintenant que je vous connais, je vous avais imaginée si différente !

– Je serai incapable de lui imposer quoi que ce soit, de le transformer...

– On ne peut plus revenir en arrière. Les choses sont trop avancées. Le Premier ministre et les membres du Conseil connaissent la raison de votre présence dans notre pays, ainsi que la plupart des Dorsiens. Tous les journaux ont souligné les avantages d'une telle union pour l'indépendance de nos deux pays.

Zosina joignit les mains.

– Je comprends tout cela, assura-t-elle, mais... c'est vous que je veux épouser.

Il se cacha le visage dans ses mains.

– Serait-ce possible si nous étions de simples particuliers ? insista-t-elle. Accepteriez-vous alors de m'épouser ?

– Est-il nécessaire de répondre ? Vous savez que si c'était possible, si nous étions des citoyens ordinaires, je vous enlèverais sur-le-champ pour vous emmener dans une retraite où je pourrais vous dire mon amour jusqu'à la fin de ma vie.

Il parlait d'une voix grave et brisée. Consciente de sa souffrance, elle dit avec douceur :

– Je n'oublierai jamais ces paroles.

– Ce serait plus facile pour vous de m'oublier.

– M'oublierez-vous ?

– Là n'est pas la question.

– Pour ma part, je ne pourrai jamais vous oublier parce que... c'est difficile à exprimer... non seulement je vous appartiens mais il me semble que je fais partie de vous. Peut-être nous retrouverons-nous dans une autre vie... Je sais que je vous cherche depuis toujours.

– Tout comme je vous cherchais, avoua-t-il. Oh, ma chérie, pourquoi a-t-il fallu que cela nous arrive ? Je me croyais pleinement satisfait de consacrer ma vie à la Dorsie. À mon âge, je pensais être trop vieux pour tomber amoureux au sens où on l'entend d'habitude. Et puis je vous ai vue descendre du train...

– Et alors ?

– J'ai senti mon cœur battre à grands coups dans ma poitrine et vous vous êtes avancée vers moi dans un éblouissement de lumière.

– Est-ce vraiment ce que vous avez ressenti ? J'aimerais pouvoir en dire autant. La seule chose dont je me souvienne, c'est qu'en touchant votre main j'ai eu l'impression que vous me donniez tout le courage dont j'avais besoin alors.

– Dieu sait que c'est ce que je voulais, mais depuis ce jour, je suis de plus en plus profondément amoureux de vous, à tel point que votre image est sans cesse devant mes yeux, et votre voix en moi.

Zosina glissa une main dans la sienne.

– Je vous en supplie... emmenez-moi très loin avec vous, implora-t-elle. Ne pourrions-nous aller vivre dans un pays où personne ne nous connaît... et où nous pourrions vivre ensemble ?

Il lui serra les doigts à lui faire mal.

– Avec vous, j'accepterais de vivre n'importe où. Mais vous savez aussi bien que moi que notre rang nous empêchera toujours de disparaître sans laisser de traces. Par ailleurs, l'Allemagne n'hésiterait pas à exploiter un scandale susceptible de déstabiliser la situation.

Le simple contact des doigts du prince Sandor électrisait Zosina et la proximité de leurs deux corps, le souvenir des paroles échangées la bouleversaient. Voyant par la vitre de la portière apparaître les lumières du palais, elle dit très vite :

– Nous devons nous revoir en tête-à-tête… j'ai besoin de poursuivre cette conversation.

Il fit non de la tête.

– Nous n'avons plus rien à nous dire, sinon… adieu !

– Je ne peux pas ! Je ne peux pas !

– Je vais partir, annonça-t-il d'un air sombre. Quand vous reviendrez en Dorsie pour vous y marier, je n'y serai plus.

– Où comptez-vous aller ?

– N'importe où !

– Non ! Je ne peux pas vous laisser faire… et vous avez le devoir de m'aider.

– Croyez-vous que je pourrais supporter de vous voir mariée à un autre ?

L'amertume de sa voix disait combien il souffrait.

– Mais comment pourrai-je y arriver… sans vous ?

– Vous y arriverez, assura-t-il, parce que vous êtes intelligente; votre instinct vous aidera toujours à choisir la bonne solution.

– Ce n'est pas suffisant ! s'exclama-t-elle, fiévreuse. Ce n'est pas suffisant ! C'est vous que je veux… Je veux être avec vous. J'ai besoin de votre amour… et de vous donner le mien.

Ils étaient presque arrivés au palais et elle le vit fermer les yeux comme s'il souffrait le martyre. Enfin, il porta à ses lèvres la main de Zosina.

– Adieu, mon amour… mon seul amour ! murmura-t-il.

Aveuglée par les larmes, la gorge nouée par le désespoir, elle était incapable de parler.

Sans s'arrêter devant l'entrée principale, l'attelage contourna l'immense édifice pour faire halte devant une porte latérale. Ils descendirent de voiture et elle remarqua qu'il n'y avait aucune sentinelle en vue. Le prince Sandor sortit une clé de sa poche, ouvrit et s'effaça devant Zosina.

Elle entra dans un petit vestibule joliment décoré où il la débarrassa de son domino.

– Prenez ce couloir et allez tout droit, recommanda-t-il. Vous trouverez un escalier qui vous mènera au premier étage. À partir de là, vous saurez retrouver votre chemin. Nous ne devons pas être vus ensemble.

Elle leva la tête vers lui et vit la douleur qui assombrissait son regard et crispait son visage.

Ils restèrent là longtemps, à se contempler en silence, puis accablée, résignée à être vouée aux ténèbres, craignant de ne jamais retrouver son chemin vers la lumière, Zosina s'éloigna.

Elle avait presque atteint le bout du couloir quand soudain, il fut près d'elle. Il lui fit faire volte-face, l'attira dans ses bras et, comme le cœur de Zosina bondissait dans sa poitrine, il la couvrit de baisers, l'embrassa avec passion.

Ses lèvres ardentes surprirent Zosina. Elle répondit à son baiser avec fougue et quand leurs caresses se firent plus tendres, elle se sentit fondre dans ses bras.

Leur amour était d'essence divine, d'une nature si élevée qu'elle avait la certitude que Dieu les avait bénis et voués l'un à l'autre depuis toujours.

Elle comprenait que l'amour était plus puissant que le devoir : l'amour était l'infini et plus encore ! Il y avait de l'amour dans chaque bouffée d'air qu'ils respiraient, dans chacune de leurs pensées, dans chaque battement de leur cœur.

Je t'aime ! Je t'aime ! avait-elle envie de crier encore et encore. Mais à quoi bon ? Elle savait qu'il éprouvait les mêmes émotions. Le destin pourrait s'acharner à les éloigner l'un de l'autre, ils n'en continueraient pas moins à ne former qu'un seul être.

Soudain, il la lâcha et la fit doucement se retourner. D'un geste, il désigna l'escalier au bout du couloir.

Le sentiment céleste qu'il avait éveillé en elle faisait vibrer toutes les fibres de son être et lui interdisait de revenir à la réalité, aussi resta-t-elle comme pétrifiée, incapable de bouger.

Elle entendit au loin une porte s'ouvrir et se refermer : il était parti !

Que faire sinon lui obéir ? Elle se dirigea à pas lents vers l'escalier.

6

La visite de l'hôpital fut très émouvante. Lorsqu'elle traversa les vastes salles paisibles où des religieuses à l'air bienveillant allaient et venaient sans bruit, Zosina apprit que l'idée d'installer les malades dans ce couvent de femmes qui se consacraient à soulager la souffrance était du régent.

Elle était amoureuse de lui et regardait maintenant tout ce qui se pratiquait en Dorsie avec des yeux différents. Partout, elle lisait son influence.

L'extravagance et l'immaturité du roi lui avaient fait comprendre – comme à tout le monde, sans doute, pensait-elle – que c'était le prince Sandor qui avait su rendre ce pays prospère et le garder dans la paix et l'ordre – en faire un pays heureux.

La supérieure du couvent lui dit aussi que, grâce à la prévoyance du régent, les malades et les vieillards de Dorsie étaient mieux traités que dans tout autre pays d'Europe. Le taux de mortalité des nouveau-nés avait, quant à lui, baissé de façon spectaculaire.

La sollicitude du prince pour les habitants de son pays s'étendait à tous les aspects de leur vie et Zosina était convaincue qu'il y avait du travail pour chacun en Dorsie. On introduisait des méthodes modernes dans tous les secteurs de la vie économique.

L'ayant rencontré, elle ne mettait pas en doute la grande valeur politique du Premier ministre mais elle sentait qu'il se tenait éloigné du Parlement, et sa personnalité n'était pas assez forte pour le rendre populaire. Depuis huit ans, c'était donc le régent qui décidait de tout, au nom du roi. Et il avait tout fait, songeait-elle, pour assurer la stabilité du pays après son départ.

Elle admirait l'œuvre accomplie et pressentait ce que serait l'avenir sous le règne effectif du roi; elle se révoltait d'avance contre l'injustice du système monarchique qui mettait un homme sur le trône non parce qu'il avait les capacités requises pour cette fonction, mais parce que c'était un droit héréditaire.

Mais y avait-il un autre choix ?

L'idée d'un pays sans roi ou reine pour gouverner était inconcevable. Avant son arrivée en Dorsie, quand elle avait entendu dire que le roi était un vrai fou, Zosina ne se doutait pas de ce que cela signifiait. Mais elle avait été témoin de la conduite du roi au bal masqué; elle avait vu ses amis le traiter avec familiarité et ces femmes le couvrir de baisers, et elle se sentait vaincue d'avance et très alarmée par l'affreuse perspective d'être mariée à un tel homme.

La nuit précédente, avant de s'endormir, elle n'avait pu penser qu'au régent et à ce qui leur était arrivé à tous deux. Il avait éveillé en elle des émotions et des sensations extraordinaires et elle n'avait pas compris, sur le moment, qu'elle allait devoir renoncer à lui. Elle n'avait même pas imaginé ce que cela impliquerait pour elle.

Dans sa chambre, elle avait découvert un livre posé sur sa table de chevet : ainsi le régent n'avait pas eu de mal à comprendre qu'elle avait quitté le palais. Il s'agissait des poèmes composés par cette religieuse dont il lui avait fait l'éloge au dîner. Il avait oublié de les lui faire porter jusqu'au moment de se mettre au lit. Alors, pensant qu'elle ne serait pas encore endormie, il avait envoyé son valet de chambre remettre le volume à Gisela. Celle-ci avait dû déclarer que Son Altesse la princesse Zosina était en train d'écrire une lettre qui devait partir pour le Lützelstein tôt le lendemain matin, par la valise diplomatique. À cette nouvelle, le valet de chambre, soucieux d'exécuter les ordres de son maître, avait demandé à Gisela, malgré l'heure tardive, de remettre le livre en main propre à sa maîtresse... Zosina était peinée à l'idée que la vieille domestique avait dû être horrifiée de découvrir la chambre vide. Gisela avait dû courir derrière le valet de chambre pour lui apprendre la consternante nouvelle. Son maître, déjà au courant de la fugue du roi, avait alors tout découvert... Zosina espérait qu'il avait fait promettre à Gisela de garder le secret.

Lorsque cette dernière avait frappé à sa porte, au matin, Zosina avait eu la confirmation de son hypothèse.

– Vous m'avez fait la plus grande peur de ma vie, Votre Altesse, avait avoué Gisela d'un air de reproche. Pourquoi ne m'avoir pas fait part de votre intention de sortir hier soir ?

– Le roi m'a priée, à l'improviste, de l'accompagner à une réception, avait expliqué Zosina. Mais, je vous en conjure, ne dites rien à Sa Majesté la Reine mère.

– Son Altesse le régent m'a déjà demandé de garder le silence, avait répondu Gisela. Si je faisais mon devoir, je devrais, dès notre retour au Lützelstein, rapporter de tels agissements à madame votre mère.

Mais Gisela portait beaucoup d'affection à la jeune fille et Zosina avait compris que c'était une menace en l'air. Elle devait pourtant admettre que s'il ne lui était rien arrivé, ce n'était certes pas grâce au roi. S'était-il même inquiété de sa disparition de la brasserie ? Il avait sans doute trop bu pour se rappeler qu'il l'avait emmenée au bal.

Ç'avait été avec un grand soulagement qu'elle avait appris que Sa Majesté le roi ne les accompagnerait pas pour la visite de l'hôpital. Aurait-il d'ailleurs été en état d'y aller ?

En se remémorant les événements de la veille, il lui paraissait incroyable que le roi et ses amis eussent pu se conduire de façon aussi agressive. Il n'y avait pourtant aucun doute là-dessus : ils avaient provoqué la bagarre en toute conscience. Se rappelant l'enchaînement des faits, elle avait même le sentiment qu'ils avaient agi selon un plan d'action soigneusement étudié à l'avance.

Elle avait lu quelque part qu'à Munich les étudiants avaient coutume de se bagarrer dans les brasseries. Peut-être était-ce là, après tout, le comportement habituel des jeunes gens de cet âge ? Mais que penseraient les habitants de la Dorsie en apprenant un jour que leur roi avait, dans le passé, pris en personne la tête de pareilles bandes de provocateurs ? Tout cela était incompréhensible pour Zosina. Et tout en visitant le couvent, souriant aux enfants, prodiguant mille amabilités aux religieuses et s'extasiant sur tout ce qu'elle voyait, elle continuait à penser à ce qui s'était passé au cours de la nuit.

On arrivait au pavillon qui abritait les nouveau-nés. L'un d'entre eux fut présenté à Zosina. Il s'agissait d'une petite orpheline, sa mère, qui n'était pas mariée, était morte en couches.

– Quel malheur ! s'exclama Zosina.

– Et quel bébé adorable, Votre Altesse ! s'apitoya une religieuse.

Tout en parlant, celle-ci prit l'enfant dans son berceau et la tendit à Zosina qui la serra contre elle avec tendresse. Elle contempla le visage de ce frêle petit être et se demanda quel sort aurait été le sien, si elle avait été orpheline.

– Tout ira bien, la rassura la religieuse comme si elle avait lu dans ses pensées. Nous lui trouverons un foyer d'adoption. Bien des femmes sans enfants meurent d'envie d'en avoir un. Et d'autres, déjà pourvues d'une nombreuse famille, n'ont pas peur de l'agrandir encore.

– Je suis heureuse de savoir qu'on ne la reléguera pas dans un orphelinat, déclara Zosina.

Un jour, avec sa mère, elle avait visité un de ces établissements qui lui avait paru triste et sans chaleur.

Comme elle tenait le bébé, elle songea soudain que son devoir de reine serait de donner naissance à un héritier du trône. Elle adorait les enfants et, tout comme ses sœurs, elle avait toujours envisagé d'en avoir mais elle avait aussi toujours pensé que le père de ses enfants serait un homme qu'elle aimerait et qui l'aimerait. Aujourd'hui, l'idée de donner naissance à des enfants dont le roi serait le père lui paraissait terrifiante. Tout son corps se révoltait en imaginant l'intimité qu'impliquait pareille perspective, bien que son innocence l'empêchât de bien savoir ce qui pouvait se passer entre un homme et une femme unis par les liens du mariage.

La veille, quand le régent l'avait embrassée, qu'elle avait eu la conviction de pouvoir mourir avec joie après avoir connu pareille félicité, elle avait compris que tous les actes à venir de son compagnon seraient sanctifiés par leur amour. Avoir un enfant de lui serait une bénédiction du Ciel, un bonheur inexprimable. Mais en avoir un d'un autre homme, surtout s'il s'agissait du roi, serait un avilissement contre lequel tout son être s'insurgeait.

Je ne pourrai jamais... jamais ! se dit-elle avec effroi.

Elle tendit le bébé à la religieuse et eut une expression si bouleversée que celle-ci demanda :

– Votre Altesse ne se sent pas bien ? Vous êtes si pâle, tout à coup.

– Je vais très bien, je vous remercie. Il fait très chaud, aujourd'hui.

– C'est vrai... Mais cette enfant a été visitée par les bonnes fées puisque Votre Altesse l'a tenue dans ses bras. Comme c'est une petite fille, serait-il impertinent de ma part de vous demander si elle pourrait porter le prénom de Votre Altesse ?

– J'en serais ravie !

Puis Zosina s'éloigna, avec le sentiment de laisser derrière elle, avec cette petite fille qui allait porter son prénom, les derniers lambeaux de ses rêves.

Dans le courant de l'après-midi, la Reine mère devait inaugurer le Jardin botanique – œuvre du régent, Zosina en avait été informée – et on se contenta d'un déjeuner rapide, pris au palais dans l'intimité.

La Dorsie avait innové avec la création de ce jardin et cette initiative avait été saluée et encouragée par nombre de pays, non seulement en Europe, mais aussi dans d'autres parties du monde. Zosina apprit que le régent avait mis à contribution tous les pays, leur demandant à chacun de fournir un échantillonnage de la flore de leur contrée afin d'accroître le champ des connaissances en horticulture des habitants de la Dorsie et de ses visiteurs.

– En Angleterre, j'ai visité Kew Gardens, le célèbre Jardin botanique, avait-il raconté à la Reine mère en présence de Zosina. J'ai été si impressionné par les résultats qu'ils avaient obtenus, aussi bien sur leur sol que partout où ils exportaient leurs plantes, que j'ai pensé que nous pourrions tenter la même expérience, ici, en Dorsie.

– C'est une brillante idée, Sandor, avait répondu la Reine mère, mais vous avez toujours des idées originales et progressistes.

Sa grand-mère s'entendait à flatter tout le monde mais, en l'occurrence, Zosina savait qu'elle était sincère et pleine d'une réelle admiration.

Avant le déjeuner, lorsqu'elles retrouvèrent le prince Sandor dans un salon, Zosina n'osa pas lever les yeux sur lui. Quand elle se décida à le faire, elle remarqua ses traits tirés et comprit qu'il n'avait pu dormir de la nuit.

Il évita de lui adresser la parole avant que le petit groupe ne gagne la salle à manger où, en l'absence du roi, il s'installa en bout de table, priant la Reine mère de prendre place à sa droite et Zosina à sa gauche.

Comme il possédait une grande maîtrise de lui-même, il semblait à l'aise mais, vibrant à l'unisson avec lui, Zosina le sentait aussi tendu qu'elle-même, et désespérément conscient de la fuite du temps car c'était le lendemain que seraient officiellement annoncées, devant le Parlement, ses fiançailles avec le roi.

Zosina imaginait toutes les salles de cette merveilleuse demeure envahies par les vulgaires amis du roi, salles que l'on aurait dépouillées de leur actuelle décoration pleine d'élégance pour la remplacer par le style criard et tape-à-l'œil qu'ils affectionnaient. Et, bien sûr, dans ce nouveau décor, Zosina ne trouvait pas de place pour elle-même, sinon celle d'une étrangère qu'on néglige, ou même qu'on oublie, car elle ne pourrait jamais participer aux plaisirs du roi. Non, décidément, elle ne pourrait aller plus avant dans cette farce grotesque qui, elle le savait, serait l'équivalent d'une crucifixion, et reviendrait à piétiner son idéal.

Par quel miracle elle-même et le régent réussissaient-ils à se comporter, au cours de ce déjeuner, comme si rien n'était arrivé ? Puisqu'il peut faire preuve de tant de sang-froid, se désola Zosina, c'est peut-être qu'il ne ressent pas ce que je ressens... Mais, levant les yeux, elle découvrit le regard du régent fixé sur elle et comprit qu'il souffrait autant qu'elle, qu'il était aussi désespéré qu'un homme en train de se noyer et qui ne peut compter sur aucune planche de salut.

Alors, dans son désir d'aider l'homme qu'elle aimait, elle décida de tout faire pour dissimuler ce qu'elle-même endurait. Elle n'avait pas besoin de mots pour savoir qu'il désirait la protéger et la réconforter. Quant à elle, elle souhaitait de tout son cœur adoucir sa souffrance. Chaque battement de son cœur semblait répéter : Je t'aime ! Je t'aime !

Après le repas, ils se dirigèrent vers les voitures qui attendaient. Là, pour la première fois, la Reine mère remarqua l'absence du roi.

– Gyorgy ne nous accompagne pas ? s'enquit-elle auprès du régent.

– Non.

– Pour quelle raison ? Je croyais qu'il devait prononcer un discours pour l'inauguration du Jardin botanique.

– En effet, répondit-il, mais il a décidé de ne pas le faire.

– Pourquoi le laissez-vous agir ainsi ? Son absence va paraître étrange; ce Jardin botanique jouit déjà d'une réputation mondiale.

– Gyorgy affirme vouloir passer comme bon lui semble sa dernière journée de liberté, lui confia-t-il à voix basse.

– Parce que les fiançailles seront annoncées

demain ? La plupart des hommes ne fêtent la fin de leur vie de célibataire que quelques jours avant leur mariage, sinon la veille !

– Je le lui ai rappelé, assura-t-il, mais en vain.

La Reine mère haussa les épaules.

– Nous nous passerons de lui. Mais je lui dirai que je trouve son comportement très cavalier, non seulement à mon égard, mais aussi vis-à-vis de vous, Sandor.

Zosina ne put s'empêcher de penser que le roi serait enchanté d'avoir ainsi publiquement insulté son oncle; l'étonnement des représentants des pays étrangers devant son absence était bien le dernier de ses soucis.

Ils montèrent en voiture et Zosina s'installa près de la Reine mère tandis que le régent prenait place en face d'elles. Les dames d'honneur et les officiels de la cour suivaient dans d'autres voitures et Zosina apprit au cours du trajet qu'ils étaient attendus par les responsables du Jardin botanique ainsi que par le Premier ministre et les ambassadeurs de tous les pays qui avaient contribué à cette réalisation.

Le jardin était une splendeur, surtout la partie réservée aux plantes alpestres. Dans les immenses serres abritant la flore des terres lointaines, Zosina fut émerveillée par les orchidées d'Extrême-Orient et les azalées de l'Himàlaya. Elle les admirait quand le régent s'approcha d'elle. Frémissante, elle leva les yeux vers lui et comprit qu'il était lui aussi infiniment troublé.

– Vous êtes la plus belle de toutes les fleurs ! lui souffla-t-il.

À ces mots, le temps s'arrêta et tout disparut aux yeux de la jeune fille. Et l'espace d'une seconde, ce fut comme s'il la serrait dans ses bras.

Nous nous appartenons... nous nous appartenons encore, songea-t-elle tandis qu'un savant botaniste entreprenait de lui parler des orchidées.

Le malheureux aurait pu s'exprimer en chinois, ses explications auraient eu le même effet sur Zosina. Envoûtée, elle ne pouvait voir et entendre que le prince Sandor. Lui seul existait sur terre. Demain, elle repartirait pour le Lützelstein et ne le reverrait peut-être plus jamais.

Le roi n'avait-il pas affirmé qu'il se passerait de ses services dès qu'il disposerait du pouvoir ? Et le régent n'avait-il pas lui-même déclaré qu'il n'assisterait pas à leur mariage ? Où irait-il ? Comment le retrouverait-elle ? Oh, comment pourrait-elle vivre sans lui ?

De retour au palais, elle lui fit la révérence et, sans se retourner, s'engagea dans l'escalier d'honneur à la suite de sa grand-mère.

Elles redescendirent ce même escalier vers 19 heures, pour se rendre au dîner de gala donné en leur honneur par les membres de l'ordre de Saint-Miklos. Mais personne ne les attendait en bas, sinon une dame d'honneur et le grand chambellan.

– Sa Majesté vient avec nous ? s'inquiéta la reine mère.

– Sa Majesté vous fait part de ses regrets. Ce soir, c'est le prince Vladislav qui sera votre hôte et Son Altesse le régent vous retrouvera chez le prince, expliqua le grand chambellan.

La Reine mère leva les sourcils mais ne dit mot. Ce ne fut qu'au moment où la voiture fermée s'ébranla qu'elle dit tout bas, comme se parlant à elle-même :

– La conduite de Sa Majesté est incompréhensible... Le prince Vladislav est un très gros propriétaire terrien et l'un des personnages les plus importants du pays. Espérons qu'il ne s'offusquera pas de l'absence du roi.

– Je suis certain que Son Altesse le régent sera assez éloquent pour faire accepter les excuses de Sa Majesté, assura le grand chambellan.

Ce dernier vivait au palais depuis de nombreuses années. Il avait déjà été au service du précédent souverain.

– Vous allez être débordé lorsque le régent se sera retiré, lui dit la Reine mère avec un sourire bienveillant.

Le vieil homme secoua la tête.

– Comme la plupart de mes collègues, je prends ma retraite.

– Votre retraite ! s'exclama-t-elle. Est-ce bien sage ?

– Nous partons avant d'être congédiés, répondit-il avec tristesse.

Zosina se dit que, malgré son air outré, sa grand-mère était au courant de l'intention du roi de s'entourer de ses propres amis. Et, une fois de plus, elle imagina avec horreur le terrible chaos qui s'ensuivrait au royaume.

La façade de la résidence du prince Vladislav était presque aussi impressionnante que celle du palais mais, à l'intérieur, l'ancien côtoyait le moderne, et le meilleur... le pire. Zosina le remarqua à peine car dans l'immense salle bondée d'invités, elle aperçut tout de suite le régent debout aux côtés de leur hôte et son cœur chavira.

Il était superbe ce soir-là. Dans l'uniforme de l'Ordre, le large ruban bleu barrant sa poitrine ornée des décorations de Saint-Miklos, comme tous les hommes présents, il avait l'air d'un chevalier du Moyen Âge. Zosina espéra en secret ressembler à cette fleur rare à laquelle il l'avait comparée dans l'après-midi.

Elle avait choisi sa toilette avec le plus grand soin : une robe de tulle vert tendre semée de bouquets de perce-neige. Une guirlande de ces mêmes fleurs était mêlée à ses magnifiques cheveux.

Elle paraissait étonnamment jeune et pure.

Comment aurait-elle pu savoir qu'en la voyant si belle et si gracieuse, sachant que jamais plus il ne la tiendrait dans ses bras, le régent se sentait frappé de mille poignards ?

Le repas fut délicieux, les invités pleins d'esprit et les discours brefs. Ensuite, un orchestre joua une douce musique pour accompagner les conversations, et ce fut à regret qu'à 11 heures la reine mère donna le signal du départ.

– Notre dernière soirée en Dorsie, déclara-t-elle au prince Vladislav en présence de Zosina, a été la plus agréable de toutes. J'en remercie Votre Altesse et je suis sûre que ma petite-fille y aura pris autant de plaisir que moi-même.

– Ce fut un immense privilège que de vous recevoir dans ces murs, répondit-il. Puis-je espérer que, dans le cas de la princesse, cette soirée est la première de beaucoup d'autres ?

– Croyez que je le souhaite, Votre Altesse, assura Zosina.

Mais elle savait que le roi aurait trouvé ce banquet assommant et qu'à l'avenir il déclinerait les invitations du prince aussi souvent que possible.

Elle eut envie de demander au régent comment elle devrait agir dans de telles circonstances. Faudrait-il qu'elle se rende seule à ces manifestations ou qu'elle se borne à n'être que l'épouse du roi et, par conséquent, ne fréquente que les gens qui amuseraient son royal époux ? Ces « amis » dont l'impertinence et la familiarité la révoltaient... ? Évidemment, ceux-ci ne pourraient pas tous loger au palais. L'idée même en était trop scandaleuse pour être envisagée et c'était tout ce qui la rassurait.

Peut-être pourrait-elle avoir ses propres amis, des hommes comme le prince Vladislav qui, malgré son âge, était charmant et dont la conversation était si intéressante ? Après le départ du régent, il ne resterait au palais plus personne de sensé et d'équilibré...

Comme on les raccompagnait jusqu'à l'entrée principale, elle apprit avec bonheur que le régent rentrait avec elles. Le grand chambellan changea de voiture et le prince Sandor s'installa en face de Zosina. Elle avait envie de se jeter dans ses bras et de hurler sa peur devant ce qui l'attendait dans l'avenir : l'annonce officielle de ses fiançailles signifierait qu'il n'y aurait plus moyen de reculer, plus aucune issue, et qu'elle ne reviendrait en Dorsie que pour y épouser le roi... Et son cœur battait à grands coups tandis qu'il n'osait la regarder.

Une foule énorme était massée devant le palais.

– Je crois qu'il vaudrait mieux ne pas emprunter l'entrée principale, dit-il à la Reine mère. Mais lorsque vous serez dans le palais, si vous-même et Son Altesse la princesse vouliez bien paraître au balcon, cela ferait un immense plaisir à tous ces gens qui attendent depuis des heures dans l'espoir de vous apercevoir.

– Ce sera avec grand plaisir, affirma la Reine mère.

Zosina trouva cette idée excellente. Le roi aurait-il jamais pensé à saluer son peuple ainsi, de façon impromptue ? Sûrement pas.

Ils descendirent de voiture devant une entrée latérale mais fort imposante par où les invités aux cérémonies officielles se rendaient à la salle du trône. Suivis du grand chambellan et de tous ceux qui résidaient au palais, ils longèrent le vaste couloir garni d'un tapis rouge. En arrivant devant les portes monumentales chargées de dorures de la salle du trône, la Reine mère s'arrêta : on entendait des éclats de rire, des voix et des détonations d'armes à feu.

– Que se passe-t-il, Sandor ? On tire dans le palais ?

Inquiet, le régent s'avança et entrouvrit l'un des battants. La Reine mère et Zosina s'approchèrent.

Et ce qu'ils virent leur coupa le souffle. À la seule lumière du gaz, affalé sur le trône, le roi était ivre. Sa tunique blanche ouverte jusqu'à la ceinture était maculée de taches de vin. Et la fille qui était avec lui au bal masqué, plus ivre encore, était assise sur ses genoux, renversée sur un accoudoir. Sa robe remontée découvrait ses cuisses, son corsage avait glissé et ne cachait plus rien de sa poitrine.

Devant eux, écroulés sur des coussins de velours rouge empruntés aux chaises et aux tabourets alignés le long des murs, les fameux amis du roi ! Zosina les reconnut, ainsi que les femmes aux cheveux teints.

Le roi leva un bras, laissant l'autre autour des épaules de la fille installée sur ses genoux et, de son pistolet, visa un bec de gaz et tira. Le globe de verre vola en éclats. Deux autres détonations suivirent et ceux des jeunes gens qui n'étaient pas trop occupés avec une compagne lui hurlèrent des encouragements.

Un autre globe s'écrasa au sol, exploit douteux salué par des braillements de bêtes sauvages.

Le régent referma la porte d'un geste vif :

– Sa Majesté reçoit quelques amis dans l'intimité, dit-il d'une voix blanche.

Et sans un mot de plus, il s'éloigna dans le couloir.

Le grand chambellan escorta la Reine mère et Zosina dans la salle du trône. Des valets ouvrirent l'immense fenêtre centrale et des becs de gaz illuminèrent le balcon quand les deux femmes y parurent. Alors, une puissante clameur monta de la foule. Et lorsqu'elles agitèrent la main, chapeaux, drapeaux et mouchoirs parurent s'envoler. Cet instant aurait été enivrant pour

Zosina s'il n'y avait eu, tout près, le roi dans cet état épouvantable. Les deux femmes et leur escorte passèrent à nouveau devant lui sans qu'il leur jette un seul regard. Quand elle retrouva le calme de ses appartements, Zosina, bouleversée, était sur le point de s'évanouir. Comment des êtres humains pouvaient-ils s'avilir ainsi ? Le bal masqué de la veille avait déjà été affreusement pénible pour elle, mais, ce soir, la conduite du roi et de ses compagnons était si écœurante qu'elle se sentait souillée par le simple fait d'en avoir été témoin.

Gisela la laissa seule. Elle eut l'impression qu'elle ne pourrait plus jamais regarder quelqu'un en face. Elle était obsédée par le visage bouffi du roi, ses yeux mi-clos, sa bouche molle grande ouverte, ses vêtements froissés, tachés, cette femme affalée sur lui dans une position si impudique... Oublierait-elle jamais ces femmes à demi dévêtues et ces hommes presque nus parmi ces bouteilles de vin renversées ? Délivrerait-elle un jour sa mémoire de cette horrible scène ?

Elle avait honte pour le roi, honte à l'idée qu'un homme appelé à régner sur un pays aussi beau que la Dorsie fût capable de s'abaisser à ce point. Elle songeait à ce que cela signifiait pour son avenir et elle était épouvantée.

– Sa femme ? murmura-t-elle. Mon Dieu ! Comment pourrai-je devenir la femme d'un homme que je méprise et qui me fait horreur ?

Au désespoir, elle se mit à sangloter, livrée à son destin, abandonnée de tous, même de Dieu, lui sembla-t-il.

Incapable de trouver le sommeil, Zosina s'agita toute la nuit dans son lit, cherchant en vain à échapper à ses pensées.

À présent, elle le savait : aucune force au

monde ne serait capable de changer le roi. Trop ignorante des choses de la vie, Katalin s'était trompée. Rien ne le transformerait jamais, ni les meilleures intentions du monde ni la volonté la plus farouche.

Et Zosina, traumatisée par sa première incursion dans le monde du vice, n'avait plus qu'un désir : fuir. Mais le tic-tac de l'horloge qui égrenait les heures la rapprochait toujours plus de l'aube fatale du jour de l'annonce officielle de ses fiançailles.

Puis elle l'épouserait et devrait alors, si elle voulait qu'il lui prête un peu d'attention – mais s'agissait-il bien de cela ? – affronter ces créatures que, de toute évidence, il préférait, ces femmes qui se déshabillaient sans vergogne, faisant du palais royal un lieu de débauche.

Que faire ? Mais que faire ? se répétait-elle avec accablement et sans trouver de réponse. Ne pouvant dormir, suffoquant d'angoisse, elle se leva, alla à une fenêtre et ouvrit les rideaux.

Quelques étoiles brillaient encore dans le ciel à peine éclairci par les premières lueurs de l'aube. La foule avait disparu depuis longtemps et un calme profond régnait autour du palais dominant la ville endormie.

Zosina fixait cette scène, hagarde, affolée par la subite impression que les murs de la chambre se rapprochaient insensiblement pour l'écraser. Une main crispée sur son cœur, elle étouffait; l'air lui manquait tandis que dans le silence de la pièce, une voix hurlait en elle : Il faut trouver une issue… à tout prix… il le faut !

Mais, dans le chaos de son esprit, une seule image s'imposait : la face d'ivrogne du roi.

Tout à coup, comme si son envie frénétique de fuir le palais et cet homme qu'elle haïssait la mettait en transe, elle se précipita vers l'une des vastes armoires où l'on avait rangé sa garde-robe.

Le premier vêtement qu'elle aperçut fut une tenue de cavalière qu'elle n'avait pas eu l'occasion de mettre pendant son séjour en Dorsie. Elle la passa, fébrile, trouva les bottes de cheval, puis les gants, le petit chapeau à plumes noires... Une minute plus tard, elle était habillée de pied en cap.

Elle vit à l'horloge qu'il était un peu plus de 4 heures du matin. Jetant un coup d'œil par la fenêtre, elle vit aussi que le ciel s'éclaircissait.

Sans s'attarder, hors d'elle, elle sortit de sa chambre. Dans le couloir, elle pensa au valet de pied chargé du service de nuit qui veillait dans le hall, ainsi qu'aux sentinelles postées dehors, devant toutes les entrées principales. Balayant résolument ces obstacles, elle décida d'aller aux écuries et d'y choisir un cheval toute seule. Les écuries... oui, c'était par là, elle s'en souvenait maintenant. Et elle se mit à la recherche d'une porte de service qu'elle trouva miraculeusement vite mais solidement cadenassée.

Tirant de toutes ses forces les énormes verrous, elle parvint à entrouvrir le lourd battant de chêne massif et se retrouva dans les jardins, non loin des écuries.

D'un pas décidé, elle se dirigea vers les constructions sans rencontrer personne dans les allées. Et, dans le silence de l'aube, elle arriva sans encombre jusqu'au bâtiment principal. Elle s'apprêtait à y pénétrer lorsqu'un valet d'écurie apparut, les yeux gonflés de sommeil. Lorsqu'il vit Zosina, il s'arrêta et la contempla, ébahi; il croyait rêver.

– Je vais faire une promenade, lui dit-elle. S'il vous plaît, vous pouvez me seller un cheval ?

Il battit des paupières et, trop surpris pour

répondre, s'éloigna à toute vitesse. Elle l'entendit appeler quelqu'un, sans doute le palefrenier sous les ordres duquel il travaillait, se dit-elle. Mais, maintenant, peu lui importait de réveiller tous les valets d'écurie du palais. Il lui fallait un cheval et tout de suite.

Aussi se mit-elle sans attendre à passer en revue les stalles les plus proches. Dans la troisième, elle découvrit un superbe étalon noir. Un animal réellement magnifique. Elle lui flattait l'encolure quand le valet revint, accompagné d'un homme plus âgé.

– Bonjour ! dit-elle. Je suis la princesse Zosina. Sellez-moi ce cheval, je vous prie.

– Comme il vous plaira, Votre Altesse, répondit le palefrenier, mais sauf votre respect, je crois que cet étalon sera trop rétif pour vous.

– C'est pourtant celui-là que je veux.

– Fort bien, Votre Altesse. Je vais vous faire escorter par le meilleur valet... et je suis sûr qu'il aura du mal à suivre Samu... et je...

– Samu ? Il s'appelle Samu ? C'est parfait. Votre valet n'aura qu'à faire de son mieux. Tout ira bien. N'ayez aucune inquiétude. Je suis certaine de m'entendre avec Samu.

Le vieux palefrenier se résigna. Il envoya chercher un nommé Niki et se mit à seller Samu avec cette dextérité qui est le signe d'une longue expérience.

En attendant qu'il ait fini, Zosina sortit dans la cour. Elle était si oppressée qu'elle n'aurait pu prononcer un mot.

Un instant plus tard, on lui amenait Samu; Niki arriva sur un cheval qui était loin de valoir le bel étalon noir élu par Zosina.

Le palefrenier l'aida à monter en selle et la mit encore en garde :

– Je me permets de signaler à Votre Altesse que Samu est le cheval le plus rapide de nos écuries. Il appartient à Son Altesse le prince régent qui affirme n'avoir jamais possédé pareille monture…

Ainsi, là encore, l'amour de Zosina pour le prince Sandor avait parlé : elle avait été d'instinct attirée par son cheval favori.

Elle fit un petit sourire au palefrenier et s'éloigna, escortée par Niki. Celui-ci vint bientôt chevaucher à ses côtés et lui déclara :

– J'ai une très bonne promenade à proposer à Votre Altesse, de l'autre côté de la rivière, dans un coin sauvage au pied des montagnes. On dit que l'endroit ressemble aux steppes de Hongrie, mais je ne peux croire qu'il existe sur terre de meilleurs terrains pour galoper qu'en Dorsie !

Zosina sourit, accepta cette proposition d'un signe de tête et le suivit. Niki était bavard. Chemin faisant, il lui parla avec animation des meilleurs chevaux des écuries du palais et des promenades les plus intéressantes à faire autour de la ville, mais Zosina ne l'écoutait pas.

Poursuivie par son obsession, elle pensait au terrible mariage auquel elle était destinée et à son amour sacrifié.

Sa passion pour les chevaux restait intacte en dépit de tout et elle appréciait néanmoins les qualités extraordinaires de Samu dont la docilité prouvait que, de son côté, l'étalon reconnaissait en elle une cavalière hors pair.

Quand ils débouchèrent en terrain découvert, Zosina était excédée par le bavardage de Niki. Elle avait besoin d'être seule et de se concentrer. Elle prit dans sa poche un mouchoir de dentelle et le laissa tomber dans l'herbe. Un instant plus tard, elle arrêta son cheval et s'écria :

– Mon mouchoir ! Je l'ai perdu ! Il est là-bas…

– Je vais le chercher, Votre Altesse.

Zosina tendit la main pour prendre la bride

du cheval de Niki tandis que celui-ci courait vers le mouchoir, minuscule point blanc sur le vert de la prairie. Éperonnant aussitôt Samu, Zosina partit en entraînant l'autre cheval. Elle s'éloigna au galop, espérant faire croire à Niki que l'étalon s'était emballé. Cinq cents mètres plus loin, elle lâcha les rênes de la monture du valet.

Enfin seule, elle se grisa de vitesse sur ce tapis de verdure, dans le petit matin embaumé.

Ils galopèrent ainsi jusqu'à ce que Samu réduise de lui-même son allure. Zosina se retourna, elle avait semé le valet, la ville n'était plus visible. Elle était au paradis.

Dans une vallée luxuriante entourée de hautes montagnes, les oiseaux s'envolaient à son approche. Elle pourrait réfléchir en paix et, peut-être, trouver une solution... Tout semblait possible dans ce paysage d'une si parfaite beauté.

Samu allait au trot maintenant. Mais son élan d'espoir fut de courte durée et elle se découragea bientôt. Dès qu'elle affrontait son terrible problème, son esprit s'affolait et elle était impuissante à résoudre le dilemme insoluble : il lui était impossible d'accepter d'épouser le roi et il lui était de même impossible de refuser de l'épouser...

Elle avait beau retourner le problème dans tous les sens, le considérer sous tous ses aspects, analyser la situation sous tous les angles, elle n'en sortait pas. Il fallait prendre en considération la menace que représentait l'empire allemand et ne pas oublier que l'indépendance de son cher Lützelstein et celle de la Dorsie étaient en jeu. La fureur de ses parents serait terrible si elle rentrait chez elle sans avoir fait son devoir. Si elle refusait de l'accomplir, elle savait que son père – ou plutôt sa mère – trouverait le moyen de l'y contraindre.

D'autre part, elle tenait par-dessus tout au

respect et à l'estime du régent... Bien sûr, il l'aimait, mais il avait aussi donné à son pays sa vie et toutes ses forces. Et Zosina savait aujourd'hui combien on admirait ses réalisations dans toute l'Europe et plus loin encore.

Et puis il y avait le désir de la Grande-Bretagne de voir la Dorsie et le Lützelstein préserver leur indépendance. La reine Victoria avait tout essayé pour maintenir l'équilibre des pouvoirs en Europe.

Comment lutterais-je contre une aussi grande cause et contre tant de personnages importants... moi qui ne sais rien, qui suis si jeune et si fragile... et amoureuse à en mourir... ? se demandait-elle, effarée.

Elle imagina tous les postes clés du pays aux mains des crapuleux amis du roi, elle vit l'œuvre du régent ruinée, elle se révolta, déterminée à empêcher un tel désastre. Pourrait-elle, de ses mains nues, arrêter l'avalanche ? N'allait-elle pas être submergée, écrasée ?

Elle chevaucha longtemps, le soleil était haut dans le ciel. Tout à coup, elle s'aperçut qu'il faisait très chaud et qu'elle avait très soif. Elle retira sa veste qu'elle posa devant elle, sur la selle, puis elle chercha des yeux un point d'eau. En se rapprochant des montagnes, elle trouverait sûrement un torrent. Elle songeait à l'eau pure et fraîche descendue des cimes enneigées et dirigea Samu sous les arbres.

C'est si beau, pensa-t-elle. Et l'homme qui va régner sur tant de beauté est vil et méprisable. Si le régent avait été à ses côtés, elle lui aurait dit : Tout paysage est noble. Seul l'homme peut être vil. Il aurait compris. Je l'aime ! Je l'aime ! Je l'aime ! se répétait-elle encore et encore.

7

Il faisait de plus en plus chaud et Zosina, parvenue au pied des montagnes, se trouva devant d'énormes blocs de pierre qui semblaient plantés dans un champ – résultat probable d'une avalanche. Des cailloux mais pas de torrent… Et elle ne pouvait se résoudre à rentrer au palais. Pas encore. Ses pensées étaient toujours aussi confuses, mais elle pressentait l'existence d'une solution miraculeuse bien que celle-ci lui échappât encore.

Elle n'avait aucune idée de l'heure mais Niki avait eu tout le temps de rentrer au palais. Le régent allait envoyer des gens à sa recherche, si ce n'était déjà fait. Et il lui en voudrait de cette fugue… Elle préférait sa colère plutôt que de le perdre. Elle ne subirait pas l'indifférence de ce roi qu'elle haïssait.

Zosina avait le sentiment d'être avilie par tant d'aversion, de répulsion même – des sentiments étrangers à sa nature – et craignait de perdre son estime de soi, de devenir comme le double de cet homme détesté.

La soif la tourmentait cruellement. Était-ce la chaleur, le soleil, sa longue chevauchée ou sa lancinante angoisse qui desséchait ainsi sa gorge ? Elle n'aurait su le dire.

Soudain, au détour d'un très gros rocher, elle

aperçut de la fumée qui s'élevait et, espérant trouver une équipe de bûcherons, elle se dirigea de ce côté.

Elle découvrit bientôt une tribu de Bohémiens installée autour d'un feu. Zosina n'avait eu aucun mal à les identifier car ils étaient nombreux au Lützelstein. Ses sœurs partageaient l'intérêt qu'elle leur portait et Katalin les trouvait merveilleux. Zosina avait même essayé d'apprendre leur langue. Frau Weber lui avait raconté leur histoire et lui avait expliqué que leur origine indienne faisait dériver leur langue de l'hindi. La Dorsie était voisine de la Hongrie et les coutumes de ceux qui étaient rassemblés autour de ce feu devaient ressembler à celles des Tsiganes hongrois qui sillonnaient le Lützelstein.

Ils la regardaient arriver et elle remarqua qu'ils étaient pauvrement vêtus; les hommes étaient nerveux et se levaient, l'un après l'autre, à son approche.

Pour les mettre à l'aise, elle les salua de l'une des quelques expressions qu'elle avait retenues :

– *Latcho Ghes !*

Instantanément, leur appréhension fit place à des sourires et ils répondirent par ces mêmes mots, ainsi que d'autres qu'elle ne comprit pas.

Elle descendit de cheval et, sans lâcher la bride, s'approcha pour demander en dorsien et en faisant des gestes :

– Auriez-vous la gentillesse de me donner à boire ?

Une femme s'empressa d'aller chercher une outre en peau de bouc et lui servit de l'eau dans une longue corne. Le liquide était saumâtre, mais elle avait trop soif pour faire la difficile. Elle but jusqu'à la dernière goutte. Puis, songeant que Samu devait être assoiffé lui aussi, elle pointa un doigt dans sa direction.

Un homme âgé, qui semblait être le chef, prit

l'étalon par la bride et le mena à l'enclos de fortune destiné aux chevaux de la tribu. Il le laissa s'abreuver à une auge remplie d'eau.

Pendant ce temps, une autre femme qui s'exprimait dans un mélange de dorsien, de hongrois et de romani, offrit à manger à Zosina. Celle-ci s'avisa alors qu'elle les avait interrompus au milieu de leur repas. Un ragoût mijotait dans une grande marmite suspendue au-dessus du feu. Il s'en dégageait un fumet savoureux de viande de daim ou de jeune biche, mêlée, peut-être, à celle d'autres animaux sauvages.

Zosina s'empressa d'accepter. Elle n'avait pas pris de petit déjeuner et devinait, à la position du soleil, qu'il devait être aux environs de midi. Dans une écuelle de bois, on lui servit une louche de ragoût. Tous mangeaient avec leurs doigts, épongeant la sauce avec ce grossier pain brun consommé par les paysans dans ce coin du monde, et ils trouvèrent pour Zosina une antique cuillère d'argent, frappée aux armes d'une famille noble. L'objet avait-il été volé ? Peut-être, mais Zosina n'allait pas en contester la propriété à ces gens si hospitaliers. Le ragoût était exquis, cuit avec ces herbes aromatiques connues des Bohémiens depuis des siècles.

Communiquant avec eux grâce à très peu de mots et beaucoup de gestes, elle comprit qu'ils allaient vers l'est et, comme ils ne se fixaient jamais nulle part, elle supposa qu'ils quitteraient bientôt la Dorsie.

Les femmes étaient belles. Leurs grands yeux noirs rappelaient leurs ancêtres de l'Inde; et les enfants, souples et très vifs, étaient adorables. Les hommes, eux, étaient méfiants et agressifs et Zosina se dit qu'ils devaient se demander ce qu'elle faisait, sans escorte, dans ce coin isolé. Pour les rassurer, elle fit comprendre qu'elle n'avait pu résister à l'envie d'une balade à cheval et qu'elle était sur le point de rentrer chez elle. Et pour bien montrer la pureté de ses intentions, elle prit un enfant dans ses bras et le laissa jouer avec les boutons de nacre de sa jaquette.

L'un des hommes souffla quelque chose à la femme qui l'avait invitée à partager leur repas et celle-ci hocha la tête en souriant tandis qu'il s'éloignait sans cesser – du moins le pensait-elle – de lui jeter des regards soupçonneux.

Elle allait les quitter quand la Bohémienne prit une tasse, la remplit d'un liquide chaud à même une vieille casserole, et la présenta à Zosina.

– Thé ! expliqua-t-elle en dorsien. Thé !

Se souvenant que les Tsiganes étaient réputés pour leurs tisanes, Zosina accepta. Cela avait un goût bizarre mais délicieux. Elle n'aurait su dire quelles plantes avaient servi à faire cette infusion sucrée au miel.

Elle remarqua leur satisfaction de la voir apprécier leur breuvage et ils lui en offrirent une nouvelle tasse qu'elle refusa. Il était temps qu'elle parte. Comme elle cherchait Samu des yeux, l'enclos lui parut tout à coup très éloigné. D'ailleurs, elle n'avait plus envie de se lever.

Elle s'aperçut que les Bohémiens la dévisageaient de façon étrange, se demanda pourquoi mais, déjà, elle les voyait à peine, très flous dans le lointain.

Je dois me lever... partir... se dit-elle, incapable de bouger. Et elle sombra dans les ténèbres de l'oubli.

– Réveillez-vous ! Réveillez-vous, Zosina !

Une voix l'appelait. Une voix qui venait de très loin.

– Zosina ! Zosina !

Reconnaissant cette voix, elle fut submergée de bonheur.

– Zosina !

Le ton était impératif. Le régent était là, tout près d'elle, et Zosina fit un effort pour ouvrir les yeux, tandis qu'un sourire illuminait ses traits. Apercevant son beau visage nimbé de lumière, elle murmura :

– Je... vous... aime ! Je... vous aime !

– Ma chérie ! Oh, ma chérie ! J'ai cru que je ne vous retrouverais jamais ! Vous a-t-on fait du mal ?

– Je vous aime ! répéta-t-elle.

Incapable de résister, il l'embrassa et elle se sentit comme soudée à lui par la force de son amour. Elle aurait voulu voir leur étreinte se prolonger et qu'il continuât à l'embrasser, mais il s'arracha à elle pour dire d'une voix étranglée :

– J'ai cru vous avoir perdue ! Comment avez-vous pu être assez imprudente pour partir seule dans les montagnes ?

Ce reproche fit revenir Zosina à la réalité et c'est de façon un peu décousue qu'elle répondit :

– Les... les Bohémiens ! Ils m'ont offert... quelque chose à boire... un narcotique...

– Oui, mon ange, et si nous n'avions pas reconnu Samu quand nous les avons croisés, peut-être ne vous aurait-on jamais retrouvée !

– Samu ?

– Ils vous l'avaient volé mais, Dieu merci ! je l'ai reconnu au premier coup d'œil.

Essayant de rassembler ses idées, Zosina porta la main à son front. Elle vit qu'elle était dans une grotte, étendue sur une botte de foin, le régent était à ses côtés, un genou à terre.

Dans une grotte ! Voilà pourquoi la tête du prince Sandor lui était apparue nimbée de lumière... il se tenait dans l'ouverture... Zosina remarqua aussi la selle et la bride de Samu, sur le sol.

– Les Bohémiens ont avoué vous avoir donné

ce qu'ils appellent du « thé qui fait dormir ». Ensuite, abandonnant derrière eux la selle et la bride de Samu afin, croyaient-ils naïvement, qu'il ne soit pas reconnu, ils ont repris la route. Par bonheur, nous les avons rencontrés ! S'ils ne nous avaient pas conduits jusqu'ici, ma chérie, il aurait fallu plusieurs jours pour vous retrouver...

– Je... je suis désolée.

– Le valet d'écurie est rentré au palais signaler votre disparition. La nouvelle m'a mis hors de moi, poursuivit-il. Ce garçon croyait que Samu s'était emballé mais, quand il m'a décrit la scène, j'ai deviné que vous l'aviez semé volontairement.

– Il... il n'arrêtait pas de bavarder et... j'avais besoin d'être seule...

Des yeux, elle le suppliait de comprendre et quand il sourit, ce fut, pour Zosina, comme si le soleil se levait.

– Je comprends, mais vous avez eu tort de prendre de pareils risques.

– Vous m'avez retrouvée...

– Et j'en remercie le Ciel ! À présent, si vous vous sentez assez forte, nous allons rentrer au palais.

– Au palais ? Je ne peux pas retourner au palais !

– Il le faut ! Il n'y a pas d'autre solution.

Il s'exprimait avec autant de tendresse que de désespoir et rien n'aurait pu être plus convaincant. Zosina sut qu'il disait la vérité : il n'y avait pas d'autre issue.

Comme il l'avait déjà dit, l'avenir de leurs pays passait avant leurs états d'âme.

– Jamais je ne pourrai faire... ce que vous attendez de moi, gémit-elle.

– J'obligerai le roi à se conduire autrement, promit-il.

– Il ne vous écoutera pas.

– Je trouverai le moyen de l'y forcer !

Ce moyen n'existait pas, Zosina en était convaincue. Dès que son oncle ne disposerait plus d'aucune autorité, le roi lui ordonnerait de ne plus s'immiscer dans les affaires du royaume et le prince Sandor devrait s'incliner. Elle vit dans ses yeux qu'il souffrait, comme s'il avait suivi le fil de sa pensée, et elle comprit tout ce que cela signifierait pour lui.

Il aimait son pays, il aimait le peuple dorsien et comprenait sa frénétique volonté de rester indépendant vis-à-vis de l'Allemagne. Pour cette cause, le prince Sandor aurait donné sa vie sur le champ de bataille; il lui serait d'autant plus difficile de vivre sans pouvoir se battre pour le salut de la Dorsie. Et, avant cela, il devait vaincre ses instincts, son intelligence et jusqu'à son amour.

Prenant conscience de tout cela en un instant, Zosina décida de ne pas ajouter à son calvaire en se plaignant ou en lui demandant protection.

– Rentrons au palais, déclara-t-elle.

Ils se regardèrent longtemps en silence puis il porta à ses lèvres la main de Zosina et y posa un baiser fervent.

Au-dehors, en pleine lumière, Zosina eut un choc. Si le régent ne l'avait pas retrouvée, que serait-elle devenue, toute seule, dans la montagne ?

Elle se sentait encore faible sur ses jambes et l'esprit confus. Elle respira profondément et, les idées un peu plus claires, mesura mieux sa chance d'avoir été retrouvée si vite.

Puis elle vit Samu, entouré des six soldats de l'escorte du régent. Samu, noir, magnifique…

– Où sont passés les Bohémiens ? demanda-t-elle au régent.

– Quand ils nous ont eu conduits ici, je les ai laissés partir, répondit-il en souriant.

– Laissés partir ?

– Les ramener avec nous pour les traîner devant un tribunal aurait amené des bavardages bien inutiles. Il aurait fallu dire pourquoi vous aviez quitté le palais à une heure aussi matinale et pourquoi – même dans l'hypothèse où Samu se serait emballé – après l'avoir maîtrisé, vous n'aviez pas regagné le palais.

– Vous êtes très sage.

– J'essaie de l'être, reconnut-il. Ces Bohémiens ont eu de la chance. Je ne les ai pas punis comme ils le méritaient dès la nouvelle de leur forfait.

– Peut-être devriez-vous me... me punir à leur place ?

– Je suis le seul à mériter d'être puni. J'ai cru ne jamais vous retrouver...

– À présent, je suis... en sécurité, dit-elle pour le rassurer.

Elle savait que ce n'était pas vrai, que sa position était très périlleuse, plus dangereuse que tout ce qu'auraient pu inventer les Bohémiens. Mais à quoi bon en parler ? Elle ne voulait songer qu'au bonheur de chevaucher auprès du prince Sandor jusqu'au palais, pendant une bonne heure et peut-être plus. Ils partirent et les soldats gardèrent leurs distances, restant hors de portée de voix.

– Voilà ce que j'ai souhaité faire avec vous depuis le premier jour : monter à cheval !

– Ah ! j'ai moi aussi souhaité monter à cheval avec vous, danser avec vous et, surtout, vous faire les honneurs de ma maison... J'ai une demeure personnelle, une propriété qui appartenait à mon père. Un endroit merveilleux... Et je souhaitais vous y recevoir.

L'expression de ses yeux en disait plus que ses paroles et elle demanda, curieuse :

– Où se trouve-t-elle ?

– Au fond d'une vallée assez semblable à celle-ci, répondit-il, au bord d'un lac aux eaux chaudes.

– Aux eaux chaudes ? s'étonna Zosina.

– Oui, venant de sources sous-marines. On peut s'y baigner hiver comme été.

– J'adorerais cela !

Leurs regards se croisèrent et elle songea que rien au monde ne saurait être plus enivrant que de nager dans ce lac, seule avec le régent, sous le bleu du ciel, au soleil. Ils chevauchèrent un moment encore avant qu'elle ne se permette de rêver tout haut :

– Un jour… j'aurai peut-être l'occasion de… d'aller visiter votre maison.

Elle n'avait aucune illusion sur la fragilité de cet espoir. La propriété du régent était sûrement le dernier endroit où le roi souhaiterait se rendre et, en tant que reine, elle pourrait difficilement rendre visite à un homme que son mari haïssait.

– Je rêverai de votre maison sur les bords du lac aux eaux chaudes, ajouta-t-elle. Ainsi, je me sentirai aussi proche de vous qu'au moment où vous m'avez tirée du sommeil, dans la grotte…

– Et je vous imiterai, assura-t-il. Du moins, personne ne pourra nous priver de rêver…

– Personne !

Elle avait imaginé que la grotte était plus éloignée du palais mais les flèches des églises et les cheminées de la ville apparurent dans le lointain. Trop tôt à son goût.

Elle allait retrouver les mêmes terribles problèmes et il y en aurait peut-être de nouveaux. Il faudrait fournir des explications à la Reine mère ainsi qu'aux personnalités officielles, curieuses et inquiètes de sa disparition.

– Laissez-moi m'occuper de tout, dit le régent. Samu s'est emballé, vous vous êtes égarée, des Bohémiens vous sont venus en aide et vous auraient indiqué le chemin du retour si nous ne vous avions retrouvée avant.

– Les soldats raconteront-ils la même version de cette aventure ? s'enquit-elle.

– Ce sont mes gardes du corps personnels, ils font partie de mon régiment ! répondit-il fièrement.

– Je suis heureuse car vous protégez les Bohémiens, lui confia-t-elle au bout d'un moment.

– Je les protège, répliqua-t-il, parce que je ne veux pas que les habitants les redoutent ou les persécutent, comme cela s'est vu dans certains pays voisins.

Se rappelant les persécutions des Tsiganes en Hongrie, Zosina s'exclama :

– Je ne pourrais le supporter !

– Moi non plus. J'ai toujours œuvré pour la paix, pour l'amitié entre toutes les races qui composent notre population, et les Tsiganes en font partie.

– Là encore, j'admire votre sagesse.

Il n'en serait malheureusement pas de même avec le roi qui, déjà, soulevait l'hostilité des courtisans du palais, des propriétaires et du personnel des brasseries... enfin de tous ceux qui souhaitaient voir régner l'ordre et la paix.

En entrant dans la ville, les soldats de l'escorte se rapprochèrent d'eux. Un calme étrange régnait dans les rues et on n'entendait que le bruit des sabots des chevaux et le cliquetis de leurs harnachements.

Zosina ne disait plus rien. Une fois encore, le régent l'avait embrassée. Et elle avait connu l'enchantement, l'indicible extase de savoir qu'ils s'appartenaient. Plus rien n'avait alors d'importance, seul le miracle de leur amour existait.

Elle aurait voulu lui confier tout ce qu'il représentait pour elle; elle aurait voulu lui dire qu'elle le trouvait merveilleux, mais elle ne put que le regarder en silence. Et lorsqu'il se tourna vers elle, elle sut que lui aussi se souvenait de leur baiser.

Pour franchir les grilles du parc, ils choisirent une entrée secondaire et les deux seules sentinelles en faction se mirent promptement au garde-à-vous en les reconnaissant. Ils suivirent ensuite une allée bordée d'arbustes en fleurs dont les pétales roses et blancs tapissaient le sol.

Les effets du narcotique étaient passés et Zosina demanda au régent à voix basse :

– Que va-t-il se passer à présent ? J'ai manqué la réunion du Parlement.

– Elle aura été remise. Laissez-moi m'occuper de tout.

– Je ne demande pas mieux… et pour toujours, répliqua-t-elle avec tendresse.

Comme il ne répondait pas et ne tournait pas la tête vers elle, elle crut qu'il ne l'avait pas entendue.

Ils mirent pied à terre devant une porte rarement utilisée et, au moment de pénétrer dans le palais, elle fut prise de l'envie irrésistible de glisser sa main dans celle du régent.

Elle pressentait que s'il restait à ses côtés, rien ne pourrait lui arriver, ni les réprimandes de sa grand-mère ni les reproches du Premier ministre. Personne ne lui reprocherait d'avoir disparu au moment où sa présence était le plus indispensable.

Le roi était sans doute le seul à ne pas s'être inquiété à son sujet.

Mais elle comprenait que sa conduite avait dû paraître inqualifiable aux membres du Parlement. Et elle était résolue à présenter ses plus humbles excuses.

Ils longèrent un long couloir et débouchèrent dans le grand hall du palais. Là, un aide de camp se précipita vers eux.

– Un guetteur posté sur le toit vous a vu arriver de loin, Sire, expliqua-t-il au régent. Le Premier ministre vous attend dans le grand salon.

Zosina n'ignorait pas qu'elle devrait subir les conséquences de son geste. Aussi, en se dirigeant vers le grand salon, dont deux laquais ouvrirent la porte à deux battants, se préparait-elle à recevoir un sérieux blâme.

La Reine mère les attendait, debout près du Premier ministre qui vint à la rencontre de Zosina et du régent. Mais il n'avait d'yeux que pour le régent...

– Je suis navré, Sire, commença-t-il d'un air très grave. Je vais vous apprendre de mauvaises nouvelles.

– De mauvaises nouvelles ? s'étonna le régent.

– Nous savons depuis quelques heures, poursuivit le Premier ministre, que Sa Majesté s'est trouvée mêlée, tard la nuit dernière, à une bagarre dans le centre de la ville.

Le régent se raidit mais n'ouvrit pas la bouche.

– Quelqu'un a dû lancer un tesson de bouteille ou du verre brisé... continua le Premier ministre, et Sa Majesté a eu... la veine jugulaire sectionnée. L'échauffourée s'est produite tard dans la nuit et, lorsque son corps a été découvert ce matin, Sa Majesté avait perdu tout son sang.

Il y eut un long silence. La stupeur clouait sur place Zosina et le régent.

Le Premier ministre proclama enfin d'une voix forte :

– Le roi est mort ! Vive le roi !

Et mettant un genou en terre, il baisa la main du nouveau souverain.

Zosina traversa la pièce pour aller se poster devant une fenêtre et poussa un petit cri de ravissement.

Le paysage entier, depuis les cimes les plus

élevées jusqu'au fond de la vallée, était recouvert d'une épaisse couche de neige d'un blanc immaculé. Devant elle, le bleu métallisé du ciel d'hiver se reflétait dans les eaux du lac. La perpétuelle condensation de la vapeur d'eau dans l'atmosphère entretenait au-dessus de sa surface miroitante une brume transparente. Ce phénomène donnait au lac un aspect féerique.

Son époux s'approcha et elle s'extasia :

– C'est merveilleux !... Encore plus beau que tout ce que j'imaginais ! Oh ! Sandor ! Dis-moi que je ne rêve pas ?

– Tu ne rêves pas, ma chérie, confirma-t-il. Aurais-tu déjà oublié que nous nous sommes mariés et que tu es devenue ma femme ?

– Comment pourrais-je l'oublier ? J'ai cru que ces longs mois d'attente ne finiraient jamais. J'ai même craint parfois... que tu m'oublies.

– Ces craintes n'étaient pas fondées, tu le sais. J'avoue avoir vécu dans les mêmes affres. Ces sept mois m'ont paru autant de siècles mais nous ne pouvions écourter davantage la période de deuil.

– Mon père a été scandalisé que nous ne respections pas le traditionnel délai de douze mois ! dit-elle en riant.

Le roi rit aussi.

– J'ai fait preuve de beaucoup d'éloquence, faisant valoir que la stabilité et la paix en Dorsie comme au Lützelstein étaient plus importantes que le protocole... Dès lors que les Parlements de nos deux pays étaient d'accord avec moi, ma volonté, comme tu le sais, a prévalu contre celle de ton père.

– Tu veux dire... contre celle de ma mère ! lança-t-elle, malicieuse. Et tu ne l'as emporté que parce qu'elle était ravie de se débarrasser de moi.

– Je ne croirai jamais une chose pareille.

– C'est pourtant la vérité, Katalin affirme qu'étant éperdument amoureuse et follement heureuse j'étais devenue si jolie que ma mère ne pouvait plus supporter de me voir auprès d'elle !

– Et pourquoi étais-tu si heureuse ? la taquina-t-il de sa voix sonore.

– Tu... tu le sais. Mais s'il faut tout te dire, c'est parce que j'étais très amoureuse de l'homme que j'allais enfin pouvoir épouser.

Il y avait tant de passion dans sa voix qu'il la prit dans ses bras et la serra contre lui. Puis, au lieu de l'embrasser, il repoussa en arrière le capuchon bordé de fourrure qui cachait ses cheveux et défit son manteau d'hermine à garniture de renard blanc.

C'était le vêtement qu'elle avait choisi de porter pour traverser la ville, sous les acclamations délirantes de la foule, jusqu'à la gare. Là, le train spécial réservé au roi les attendait pour les emmener jusqu'à la petite gare la plus proche de cette demeure, bâtie au bord du lac aux eaux chaudes, dont il lui avait parlé.

Ils avaient achevé le trajet dans un traîneau tiré par deux superbes chevaux qui paraissaient voler au-dessus de la route enneigée à une vitesse folle. Confortablement installée dans des coussins de soie et emmitouflée dans des couvertures de fourrure, Zosina tenait la main du roi son mari et croyait rêver.

Quand elle était rentrée au Lützelstein, en compagnie de sa grand-mère, il lui avait été difficile de faire croire qu'elle était affectée par la mort du roi Gyorgy. Les circonstances officielles de sa mort n'avaient rien à voir avec la réalité et seuls quelques intimes savaient que le roi Gyorgy et ses amis avaient quitté le palais dans un état d'ébriété avancée, avec l'intention d'aller tout casser dans une brasserie tranquille, un établissement où l'on servait la bière dans de grosses chopes de verre avec lesquelles le roi et ses amis avaient brisé tout ce qu'ils avaient pu. Cette brasserie était située dans un quartier populaire et, parmi les pacifiques buveurs, certains s'étaient vite révélés capables de donner une bonne leçon à ces voyous qui venaient troubler leurs trop rares moments de détente.

La bagarre avait dégénéré et nombre de clients avaient été sérieusement blessés au visage ou aux mains par des éclats de verre; un témoin oculaire devait parler plus tard de « véritable boucherie ». Le patron de la brasserie avait dû se résoudre à demander l'aide de la police. Dès leur arrivée, les agents de la force publique avaient fait évacuer les lieux et procédé à l'arrestation de la plupart des compagnons du roi.

Aucun d'eux ne s'était inquiété de ce qu'il était lui-même devenu et ce n'avait été que tard dans la matinée du lendemain que son cadavre avait été découvert, gisant sous le comptoir dans une mare de sang. Un tronçon de chope brisée était fiché dans son cou. La mort remontait déjà à plusieurs heures et il eût été vain de tenter de le ramener à la vie.

La Reine mère et sa petite-fille avaient repris, sur-le-champ, le chemin du Lützelstein où Zosina avait attendu dans le ravissement un avenir si plein de promesses.

Faisant montre d'une certaine appréhension, ses sœurs Théone et Helsa lui avaient demandé :

– Que va-t-il se passer maintenant que le roi est mort ?

– Il y aura un nouveau roi de Dorsie et Zosina l'épousera ! avait répliqué Katalin, catégorique.

Katalin n'avait pas été longue à comprendre que Zosina respirait le bonheur.

– Toi, tu es amoureuse ! s'était-elle écriée dès qu'elles s'étaient retrouvées seules.

– Oui, Katalin, je suis amoureuse.

– De l'homme qui sera le nouveau roi ? s'enquit Katalin. En ce cas, tout ce que j'avais prédit se réalisera ! Tu l'aimes et il t'aime et vous vivrez heureux jusqu'à la fin de vos jours !

– Ça ne sera peut-être pas aussi simple, avait répondu Zosina qui avait du mal à croire que son cauchemar était terminé.

Tout de même, au fond d'elle-même, elle savait que Katalin avait raison. Elle serait heureuse jusqu'à la fin de ses jours : il suffisait d'attendre encore quelques mois.

Les journaux avaient annoncé la nouvelle de la mort du roi Gyorgy et, en étudiant le comportement de l'ambassadeur d'Allemagne au Lützelstein, Zosina fut tout d'abord persuadée qu'il jugeait l'occasion favorable pour renouveler les revendications prussiennes sur la Dorsie. Une tentative qui n'avait pas eu de suites car le roi Sandor avait très vite riposté en prononçant dans tout le pays une série de discours très impressionnants dans lesquels il affirmait sa volonté de préserver l'indépendance de la Dorsie et sa détermination à mettre toutes ses forces au service de son royaume.

Ces déclarations avaient soulevé l'enthousiasme au Lützelstein où tout le monde avait remarqué l'air lugubre de l'ambassadeur d'Allemagne.

– À présent, tout ira bien, père, avait déclaré Zosina.

– De quoi diable parlez-vous ? avait lancé l'archiduc.

– Sandor saura tenir tête à l'Allemagne comme jamais Gyorgy n'aurait su le faire. Le Lützelstein et la Dorsie seront en sécurité. La Prusse ne pourra jamais nous forcer à faire partie de son empire.

– Et que savez-vous donc de ces choses-là ?

Enfin... peut-être avez-vous raison. J'ai toujours pensé que Gyorgy était encore trop jeune pour devenir roi et, à en juger par ce que m'en a dit votre grand-mère, Sandor semble parfait à tout point de vue.

– Il l'est, père, avait insisté Zosina.

Puis, incapable de ne pas lui faire partager son bonheur, elle avait glissé sa petite main dans la sienne avant de déclarer :

– J'ai de la chance, papa. Sandor a toutes les qualités nécessaires à un roi. Je l'aime et je suis décidée à faire tout ce qui sera en mon pouvoir pour l'aider.

Un moment, l'archiduc avait paru trop surpris pour répondre, puis il avait fini par reconnaître :

– Vous êtes courageuse, Zosina. Dommage que vous n'ayez pas été un garçon mais, d'un autre côté, j'ai le pressentiment que j'aurai lieu d'être fier de vous à l'avenir.

– J'aimerais tant que vous le soyez, papa.

Elle s'était penchée, l'avait tendrement embrassé sur la joue et, entendant la voix de sa mère derrière la porte, avait gagné l'autre bout de la pièce.

À son retour en Dorsie, lorsqu'elle posa le pied sur le quai de la gare où le roi Sandor l'attendait, Zosina eut l'impression de pénétrer dans un univers fabuleux ou d'arriver au paradis.

Une fois de plus, ses parents avaient dû renoncer à entreprendre le voyage, mais la Reine mère l'accompagnait ainsi que Helsa, Théone et Katalin. Toutes trois étaient dans un état de surexcitation continuel depuis leur départ du Lützelstein.

Pour animer la soirée, avant la cérémonie du lendemain, le roi avait offert un grand dîner de gala. Mais cette fois, il n'avait fait qu'un bref discours et, au moment d'entrer, en compagnie des membres de sa famille, dans la salle des banquets éblouissante de lumière, Zosina s'était sentie tout auréolée de bonheur.

Les arrangements floraux étaient exquis, les candélabres inondaient les tables de reflets d'or et, du haut de la galerie, un orchestre ajoutait à la liesse générale en jouant des valses viennoises. De plus, tous les visages respiraient une félicité nouvelle, même ceux des vieux conseillers qui s'étaient laissé convaincre de rester à leurs postes, soulagés de savoir le pays sauvé grâce au gouvernement d'un roi capable, épaulé par une reine idéale.

Au moment de regagner leurs appartements, Katalin avait demandé à sa sœur :

– Fais-moi une promesse.

– Et laquelle ? s'était enquise Zosina.

– Promets-moi qu'une fois mariée tu trouveras pour Helsa, Théone et moi, bien sûr, des rois aussi séduisants et charmants que Sandor !

Zosina s'était mise à rire.

– Ça me paraît impossible, mais j'essaierai. Cependant, il faudra te résoudre à patienter encore quelques années.

– Quatre ans seulement, avait répliqué Katalin. Grand-maman s'est mariée à seize ans.

– C'est long, quatre ans, avait répondu Zosina, et Helsa doit convoler la première.

– Dès que tu rentreras de ton voyage de noces, nous éplucherons le Gotha.

– J'aurai peut-être plus urgent à faire, avait objecté Zosina pour taquiner sa sœur.

– La famille avant tout ! avait répliqué Katalin. Enfin, tant que tu n'en auras pas une à toi...

Dès qu'elle avait été seule, Zosina avait remercié Dieu du fond du cœur car elle allait épouser l'homme de sa vie et aujourd'hui – à la différence de la dernière nuit passée dans ce même palais – , elle n'avait plus peur de rien et ne redoutait plus l'avenir, bien au contraire.

La cérémonie du mariage, célébrée dans l'immense cathédrale, avait été très émouvante et nulle épousée n'aurait pu la souhaiter plus belle. Mais ce qui l'avait distinguée de la plupart des unions royales, c'était que dans le passé, peu de reines avaient eu le cran de se laisser passer la bague au doigt en plein mois de décembre.

– Tu ne paraîtras guère à ton avantage si tu as le nez tout rouge de froid, avait argumenté Katalin.

Sandor avait fait savoir à Zosina qu'il ne pouvait plus attendre; il avait pris des dispositions pour que le mariage soit célébré avant Noël.

– Je me moque de ce dont j'aurai l'air, avait répliqué Zosina. Tout ce que je veux, c'est être avec Sandor. J'accepterais de l'épouser n'importe quand et n'importe où, même pendant une tempête au milieu de l'océan !

Sous la neige, la Dorsie était plus belle que jamais et Sandor avait assuré que les cheminées monumentales installées dans toutes les pièces de la maison au bord du lac sauraient les réchauffer, quelle que pût être la température extérieure.

– En fait, les eaux chaudes du lac créent un microclimat plus tempéré, avait-il expliqué, et nous pourrons nous baigner, même le jour de Noël.

– Ma mère serait horrifiée à l'idée que je puisse me baigner, à n'importe quelle saison ! avait-elle répliqué.

Le roi avait levé vers le sien le visage de Zosina.

– Désormais, peu importe ce que dit votre mère. Vous ne devrez plus écouter que moi et j'aimerais tant vous voir nager. Je vous promets de prendre soin de vous été comme hiver et peut-être même davantage l'hiver, car pour vous réchauffer, je devrai vous serrer encore plus fort contre moi, avait-il conclu d'un ton passionné.

Le cœur battant, les yeux dans ceux de son mari, Zosina avait senti qu'elle le désirait avec une ardeur égale à la sienne.

Ils étaient mariés. Ils venaient d'arriver au bord du lac, dans cette maison où ils devaient passer leur lune de miel.

Sandor s'était occupé de tout : la date de la cérémonie avait été avancée, la réception qui suivait avait été organisée et agencée par ses soins; ils pouvaient s'éclipser tous les deux et laisser les invités s'amuser sans eux.

À l'heure de la fuite de Zosina, ses trois sœurs étaient aux anges : elles avaient la mission de faire office d'hôtesses en son absence.

– Vous devrez veiller à ce que tout le monde passe une journée agréable, avait-elle recommandé. Ainsi, personne ne nous reprochera notre fugue. Nous voulons atteindre la maison du bord du lac avant la tombée de la nuit...

– Nous comprenons fort bien, avait répondu Katalin. Ainsi, vous pourrez être seuls, vous dire et vous redire votre amour...

À son habitude, Katalin avait dit cela de manière grandiloquente mais, pour Zosina, c'était la pure vérité car ce qu'elle désirait le plus au monde, c'était être enfin seule avec Sandor.

À présent, ils partageaient cette divine solitude et elle en frissonnait de joie, le trouvant plus séduisant et plus irrésistible que jamais.

– Je t'aime ! lui dit-elle.

– Et moi, je t'adore, ma chérie !

Il se tut un instant avant d'ajouter :

– J'aurai sans doute beaucoup à t'apprendre sur l'amour car, sur ce chapitre, je doute que tu en saches aussi long que moi.

– Mais... je ne demande pas mieux, murmura Zosina.

– Tu es si adorable, si merveilleuse !

Et il la couvrit de baisers. Plus tard, ils s'étaient aperçus avec stupéfaction que le soleil était couché.

Comme ils admiraient le lac d'une fenêtre de la salle à manger, Sandor expliqua qu'à la belle saison ils pourraient prendre leurs repas sur la terrasse au-dessus de l'eau; de là, ils pourraient aussi observer toutes sortes d'oiseaux sauvages.

Ils passèrent à table mais, à la lueur des bougies, ils ne songeaient qu'à leur bonheur et se dévoraient des yeux.

Après le dîner, Zosina s'attendait à ce que Sandor la ramène au salon pour y admirer les magnifiques tableaux et les meubles réunis par son père, tous de purs chefs-d'œuvre enviés par les plus grands musées du monde.

Il n'en fut rien.

Il passa un bras autour de ses épaules et l'invita à grimper avec lui les marches d'un superbe escalier orné de sculptures qui conduisait à leurs appartements.

Sandor avait signalé à Zosina que leurs chambres donnaient toutes deux sur un boudoir commun mais, avant le dîner, elle n'avait pas eu le temps d'explorer les lieux, désireuse qu'elle était de changer de robe pour le retrouver au plus tôt.

À présent, il ouvrait la porte du boudoir et Zosina aperçut des arbres de Noël et des guirlandes argentées; elle poussa un cri de ravissement. Les guirlandes étincelaient à la lumière des minuscules bougies ornant les deux sapins et, tout autour de la pièce, des languettes de feu dansaient sur les boiseries recouvrant les murs. Sur le sol s'entassaient des présents enveloppés dans du papier d'argent.

– C'est merveilleux ! s'écria Zosina. Et tu as préparé tout cela pour moi ?

– Tu es mon miracle de Noël, déclara-t-il, et je savais qu'en découvrant tout ceci tu écarquillerais les yeux comme tu l'as fait... comme une enfant qui voit se réaliser son rêve !

Sa voix débordait d'une telle tendresse qu'elle s'abandonna contre son épaule.

– Ce soir, ma chérie, tu es toujours une petite fille... reprit-il, pas encore une femme... C'est pourquoi je voulais une fois encore te sembler un Prince Charmant. Je veux régner sur ton cœur comme tu règnes sur le mien.

– Oh ! Sandor ! Tout est si merveilleux ! Si féerique !

– Nous vivons la fin d'un conte de fées à l'épilogue heureux que ni toi ni moi – êtres de peu de foi ! – n'osions espérer. Les contes finissent toujours bien.

Il l'attira dans ses bras et l'embrassa avec tant d'ardeur qu'elle crut voir les minuscules bougies tourbillonner autour d'eux. Leur flamme brûlait dans son cœur et leur feu embrasait tout son être.

– Puis-je défaire mes cadeaux ? demanda-t-elle quand elle put parler.

– Demain !

– Ils sont si nombreux... je suis honteuse de t'en avoir offert si peu.

– Tu peux me donner ce que je désire le plus au monde.

– Dis-moi ce que c'est ?

– Toi !

Son visage s'empourpra et elle le cacha bien vite au creux de son épaule. Sandor en profita pour embrasser ses cheveux avant de s'exclamer avec passion :

– Je t'aime ! Mon Dieu !... comme je t'aime !

Un long moment, tous deux restèrent immobiles, puis Sandor reprit d'une voix grave :

– Je t'adore, ma vie, et te respecte infiniment... mais j'ai aussi une irrésistible envie de toi. J'ai attendu si longtemps...

– Je... moi aussi, murmura-t-elle.

Il l'attira dans ses bras.

– Je serai d'une grande douceur, mon adorable, mais tu es à moi... à moi... comme c'était écrit dans les astres... à moi pour toujours... pour l'éternité !

– Je veux t'appartenir... ô mon Sandor ! Aime-moi... et apprends-moi à t'aimer... comme tu veux être aimé.

Elle dit cela à voix très basse, les yeux baissés. Entourant sa femme de ses bras, il poussa la porte du boudoir et l'entraîna dans la chambre.

Les grands bougeoirs qui s'y trouvaient lorsqu'elle était montée s'habiller pour le dîner avaient disparu; seules de petites bougies de Noël posées sur la cheminée et les tables éclairaient la chambre qui semblait transformée en un lieu enchanté avec son grand lit à baldaquin.

À la pensée qu'il attendait, Zosina tourna la tête vers Sandor et celui-ci sourit d'un air complice avant d'expliquer :

– Pas de femme de chambre ce soir, mon adorable, ma précieuse petite épousée. Rien que toi et moi...

Et il recommença à la couvrir de baisers, l'embrassant tout en dégrafant son collier, retirant les étoiles de diamants qui piquetaient ses cheveux, ôtant la broche qui scintillait à son corsage.

Il défit ensuite sa robe et, comme elle glissait sur le tapis dans un bruissement de tulle, il s'exclama :

– Tu es si belle ! Ma déesse ! À mon tour, je crains d'être en train de rêver... j'ai peur que tu ne sois pas réelle.

– Je suis bien réelle.

Il lui était difficile de parler; elle sentait tout son être s'embraser.

Il ne la quittait pas des yeux et, embarrassée, elle tenta de couvrir sa poitrine de ses mains.

Sandor lui saisit les poignets.

– Mon ange... je ne veux pas te faire peur... mais ne sois pas timide. Comme je t'appartiens, tu m'appartiens. Dis-moi que c'est la vérité ?

Zosina se serra contre lui avant de dire, tremblante d'émotion :

– Je t'appartiens... Je suis toute à toi.

Sandor soupira de bonheur et l'enleva dans ses bras. Zosina se sentit transportée dans un monde lumineux et serein, un monde féerique où régnait une joie éclatante et merveilleuse.

– Je t'aime ! soupira-t-elle la tête sur les moelleux oreillers.

Un instant, elle se crut abandonnée mais, une seconde plus tard, il était allongé près d'elle, la serrait dans ses bras de plus en plus fort. Bientôt, ils ne furent plus qu'un seul être.

Elle n'avait pas épousé un roi, mais un homme dont le cœur était sien, dont l'âme même était sienne, un homme qui régnerait à jamais sur ce monde d'amour qui n'appartenait qu'à eux.

Achevé d'imprimer sur les presses de l'imprimerie Brodard et Taupin
58, rue Jean Bleuzen, Vanves. Usine de La Flèche,
le 15 novembre 1985
6980-5 Dépôt légal novembre 1985. ISBN : 2 - 277 - 21913 - 4
Imprimé en France

1913
★★

Editions J'ai Lu
27, rue Cassette, 75006 Paris
diffusion France et étranger : Flammarion